LA CHUTE DE *Dionysos*

Les enquêtes de Gab et Garnier

Toute ressemblance avec des faits et des personnages existants ou ayant existé serait purement fortuite et ne pourrait être que le fruit d'une pure coïncidence.

Pour suivre l'auteur et la sortie des prochains romans :
www.magaliguyot.com
magaliguyot.auteur sur Facebook

Couverture réalisée par roxart18/Magali Guyot

© 2024 Magali Guyot
Édition : BoD · Books on Demand GmbH,
In de Tarpen 42, 22848 Norderstedt (Allemagne)
Impression : Libri Plureos GmbH, Friedensallee 273, 22763 Hamburg (Allemagne)
ISBN : 978-2-3225-5817-9
Dépôt légal : Novembre 2024

Les enquêtes de Gab et Garnier

Les vignes ardentes

Les tunnels de la mémoire

La chute de Dionysos

PROLOGUE

Dans les yeux d'Audrey, des milliers de parapluies multicolores se superposaient et joignaient les toitures opposées. Les rues encore éclairées de Sancerre s'étaient de nouveau parées de leurs décorations estivales. La saison touristique s'annonçait déjà houleuse. Le pont de la Pentecôte avait ouvert les hostilités et inondé le village vigneron de milliers de badauds. Les terrasses des cafés affichaient complet et les soirées s'étiraient, enivrant touristes et riverains du même alcool réputé. Juché sur ses trois cents mètres d'altitude, le piton pittoresque qui surplombait le fleuve de la Loire se fondait dans les vignobles alentour à l'image d'un volcan déversant sa lave faite de cultures diverses et de raisin blanc et rouge. Les mille quatre cents habitants troquaient depuis peu la période de calme contre la foule de curieux des beaux jours.

Audrey s'en réjouissait. Le monde et le liquide lie de vin l'enthousiasmaient au plus haut point et tout était prétexte à allier les deux. Minuit passé, la jeune femme et ses deux amies déambulaient sur les pavés, les têtes relevées vers les fameux parapluies. Bien entendu, le breuvage régional multipliait malgré lui le nombre d'objets réellement suspendus. Audrey, embauchée depuis peu dans un cabinet comptable voisin, accusait mal la soirée festive destinée à marquer l'évènement. Premier contrat et premier appartement, autant de changements qui méritaient la meilleure table au restaurant du coin et les trois bouteilles qui, à défaut de faciliter la digestion, permettaient d'en oublier la difficulté.

— Je crois que j'ai beaucoup trop mangé, bafouilla-t-elle.

— Tu as trop mangé ou bien trop bu ? demanda Samia avant d'éclater d'un rire qui résonna beaucoup trop fort dans sa propre tête.

Audrey inspira, posa ses mains sur ses hanches et tenta la réflexion. Malgré ses efforts, son regard vacillait et ses jambes s'articulaient aussi maladroitement que celles d'un girafon qui tentait ses premiers pas. Elle ferma les paupières et gonfla le torse.

— On va se promener un peu, conclut-elle. Si je rentre dans cet état… oulà !

Aussi saoules et donc convaincues par l'argumentation courte, mais imparable, ses deux comparses l'accrochèrent de leurs bras, chacune d'un côté, et entreprirent la visite nocturne de l'endroit qu'elles connaissaient pourtant déjà par cœur. Elles quittèrent la place principale désertée de façon aussi rapide qu'elle s'était remplie quelques heures plus tôt. La lune se cachait elle-même devant un sombre voile agrémenté de timides étoiles. Les dernières voitures quittaient leurs stationnements. Les enseignes s'éteignaient les unes après les autres. Les gigantesques lampadaires portaient désormais seuls le poids de la lumière. Le trio féminin accéléra son pas lors de la descente qui menait à la route où il se trouvait garé. Du coin de l'œil, Audrey capta la présence de deux personnes accoudées au balcon qui proposait un joli point de vue. Le duo semblait profiter de la quiétude de l'espace d'ordinaire trop encombré. Le lieu réputé se dressait sur toute la région sancerroise, surplombait ses vignes et ses villes voisines en journée, et éblouissait de ses milliers de lumières la nuit.

— Chut, mima Samia. Ne les dérangeons pas.

Elle pouffa dans sa main libre et continua le chemin qui ne bénéficiait plus d'autant d'éclairage, désormais supplanté par ledit point de vue.

— Tu es certaine qu'on est garées ici ? s'étonna Soizic, muette jusqu'alors.

— Oui, assura Audrey avant d'appuyer sur le bouton de sa clé de contact.

Un clic, puis deux, en vain.

— Elle ne marche plus, en déduit-elle.

— Retente avec la bonne voiture…, suggéra Samia.

Les trois femmes se dévisagèrent, les sourcils froncés, avant d'être de nouveau secouées par un fou rire aussitôt interrompu par l'expression étrange d'Audrey. Le visage devint livide, les pupilles roulèrent et elle libéra ses bras pour poser ses paumes sur son ventre.

— Penche la tête ! Penche la tête ! ordonna Soizic.

Elles coururent plus loin en direction du fossé, désormais dans une obscurité presque totale et Audrey se libéra l'estomac avant de s'accroupir, vaseuse, à même le goudron. Le silence s'installa naturellement le temps que les jeunes femmes retrouvent leur esprit. Seules deux voix lointaines signalaient la présence de vie dans les environs. Les deux supposés tourtereaux, croisés un peu plus tôt, avaient haussé le ton. Si la violence des propos se devinait aux intonations, la teneur de la conversation restait hors de portée.

— Eh ben dis donc, ça chauffe là..., commença Samia avant de se figer.

Une masse déboula de la côte et s'écrasa sur la route à une vingtaine de mètres de leur position. Un bruit de verre brisé retentit dans la foulée. Soizic et Samia se concertèrent du regard pour être certaines qu'elles n'avaient rien imaginé. Une silhouette inerte s'étalait désormais à quelques pas. Des secondes interminables défilèrent alors qu'une peur irrationnelle les amenait à se poser mille questions loufoques. Était-ce un animal ? Dans la journée, elles avaient croisé un groupe de jeunes hommes en cours d'enterrement de vie de garçon. L'un d'eux trimballait une énorme peluche rose avec un groin barbouillé de chocolat. L'objet finissait-il sa nuit comme un vulgaire déchet abandonné là ? Plus un bruit ne résonna. Les voix s'étaient tues.

— Il n'y avait personne d'autre que les deux individus sur le balcon, trancha Samia pour balayer toutes les suppositions plus réconfortantes.

— Ce n'est pas quelqu'un, souffla Audrey. Mais non… Attends.

Soizic remonta la côte avec lenteur après avoir activé la lampe sur son portable. Deux yeux grands ouverts et figés apparurent sous le faisceau. Un homme gisait, la bouche entrouverte, la nuque dans une position qui ne laissait plus de doute sur le choc de la chute. Sa chemise était tachée de rouge. La respiration de la jeune femme devint difficile. Prise de panique, elle agrippa la veste de Samia désormais près d'elle.

— Tu es infirmière ! Il faut faire quelque chose là, non ? Il faut appeler les pompiers ou le SAMU !

Sans un mot, Samia se contenta de secouer la tête, juste assez lucide pour comprendre qu'il était trop tard. Elle leva la tête instinctivement en direction du point de vue. Plus personne.

1

Menetou-Râtel, le 26 mai 2024

Étalée sur son parquet, les jambes et les mains croisées, Gabrielle Lorcat observait l'énorme poutre qui traversait son plafond fraîchement repeint. Elle entamait sa quatrième année dans cette maison et, alors que son entourage avait tenté de la dégoûter de la somme de rafraîchissements à venir, elle se félicitait d'éprouver de la satisfaction à chaque nouvelle tâche. L'endroit portait une histoire découverte au cours de l'année deux mille dix-neuf, durant une enquête qu'elle avait menée avec ses collègues de la gendarmerie de Sancerre. Un lourd secret de famille avait provoqué une suite d'évènements dramatiques et la découverte de tunnels désormais fermés à jamais. Le passé s'était refermé sur les coupables et avait libéré l'âme d'un vieil homme resté bloqué dans son enfance traumatisée. Elle se souvint alors de cet adorable « papy Hermoza » qui se balançait dans le rocking-chair qu'elle avait choisi de garder. Elle pouvait presque entendre le meuble grincer à chacune de ses bascules. Perdue dans ses pensées, elle n'avait pas entendu l'arrivée de sa meilleure amie, Sabine Périgeon, qui la surplomba de son mètre soixante-dix avec deux énormes paquets de plats à emporter.

— Tu es bien, là, par terre ? moqua cette dernière.

— Je vais lasurer cette poutre pour en raviver la couleur, se contenta de répondre Gabrielle.

— Tu ne veux donc pas prendre mon avis en compte et la peindre en jaune ?

— Acheter du rustique pour le barioler de couleurs criardes, c'est ça le crime !

— Tu n'as aucun goût, trancha Sabine. Mais soit… Tu ne devais pas défricher le terrain aussi ? Parce que d'ici peu de temps, il faudra une faux pour atteindre l'entrée. Alors, franchement, ta poutre glauque n'est peut-être pas la priorité.

— Elle n'a rien de glauque cette poutre.

— Je crois me souvenir que quelqu'un s'est pendu ici dans les années quatre-vingt. Mais je suppose que cela faisait partie du « coffret découverte » avec le squelette retrouvé derrière le mur de la cave. Attends, tu as raison… ce n'est pas cette poutre le problème. Pas plus que la maison. C'est toi ! Il te faut un psy ! Un bon !

— Bien entendu, tu en as un à me conseiller, sourit Gab.

Après des années de libertinage assumé et une malencontreuse expérience de mort imminente lors d'une autre enquête de son amie, Sabine s'était amourachée de son propre psychologue. Contre toute attente, la relation s'était fortifiée et perdurait.

— Garnier serait d'accord avec moi, susurra Sabine, désireuse d'entamer une nouvelle discussion sur un sujet qu'elle savait sensible.

— Garnier n'est plus là, trancha Gabrielle avant de se relever.

Elle saisit l'un des sacs de vivres et se dirigea vers la terrasse.

Après des mois interminables de pluies diluviennes, le soleil reprenait sa place entre deux nuages à la clarté éblouissante. Ses rayons se heurtaient aux plantes disproportionnées qui entouraient le petit lac au bas du terrain. Bien qu'elle tentât de rester concentrée sur ce décor, l'allusion sur Garnier avait fait mouche. Deux ans de collaboration avec ce collègue parisien ; deux ans de relation mêlant le chaud et le froid ; deux ans pour rien, se dit-elle. Alors qu'il devait fêter Noël deux mille dix-neuf au sein de sa famille à la capitale et lui avait offert un billet pour le rejoindre, le rendez-vous avait pris une tournure inattendue. À leur arrivée, l'ambiance lourde et les visages fermés annonçaient une nouvelle année plus sombre. Un diagnostic de cancer à un stade déjà avancé pesait sur les épaules du patriarche de la famille Garnier de soixante ans passés. La thérapie s'annonçait longue et difficile. Gabrielle reviendrait seule dans sa région, décidée à épauler de loin celui qui comptait aider ses proches au plus près. Des appels maintenaient ce contact amical et rassurant. Puis, des messages, des textos. Une distance s'était instaurée par la suite alors que le calendrier changeait de mois et d'années. Les confinements causés par la covid rallongèrent l'absence. Il ne reviendrait plus. Elle s'en était persuadée. Ses nouvelles amitiés à la campagne ne feraient jamais le poids contre une vie entière chez lui, même après la rémission salutaire de son père. L'entourage de Garnier n'avait jamais caché son désaccord avec cette mutation de deux ans dans un « trou perdu » comme son propre meilleur ami aimait le dire. Aucun d'entre eux ne l'encouragerait à en reprendre le chemin. C'était évident.

Antoine Richard, collègue de longue date de Gabrielle, avait repris sa place en tant que binôme dans les enquêtes, accompagné de l'éternel « bleu », Julien, le professionnel de l'informatique. Si certaines de leurs allusions dévoilaient un contact régulier avec Sébastien Garnier, elle ne poussait jamais la conversation plus loin. Dès le premier jour, elle avait parié qu'il ne resterait pas dans le coin bien longtemps. Elle avait gagné. Un nœud étrange à l'estomac l'empêchait de s'en réjouir. Une pointe de colère le remplaça alors. Le sentimentalisme la freinait.

— Et maintenant ? interrogea l'impatiente Sabine.

— Défriche le terrain. Moi, je mange.

— Bien entendu… c'est tout à fait le plan que j'avais à l'esprit, s'amusa la volontaire à demi.

Le téléphone de Gabrielle vibra sur la table voisine et Sabine relâcha les bras le long de son corps en soufflant. Une mélodie particulière se rattachait aux appels professionnels du poste de gendarmerie. La journée de travail s'achevait avant même le petit déjeuner.

— Dis-moi que ce sera rapide, supplia Sabine avec une moue enfantine. Je ne veux pas lasurer cette poutre !

Gab se contenta d'un haussement d'épaules et d'un sourire dubitatif.

***

Sancerre

Les bandes rouge et blanc s'étiraient d'un côté à l'autre de la rue. Un large périmètre subissait le scellé. Le corps s'exposait au pire endroit possible, sous la fameuse esplanade. Richard patientait, les bras dans le dos, les yeux dans le vide. Un ballet d'agents fourmillait autour de lui et au niveau du balcon à la recherche d'éléments.

— Bien du monde et de précautions pour une chute dramatique, mais peut-être accidentelle, s'étonna Gabrielle à l'approche de son collègue.

Il eut un regard étrange qu'elle ne sut interpréter sur le coup. Une grimace narquoise sur le visage masculin, un froncement de sourcils et Gab perçut la volonté d'une mauvaise blague ou d'une moquerie quelconque.

— Quoi ?! feignit-elle de s'énerver.

— On ne t'a rien dit au téléphone ?

— Pas grand-chose. Un corps au milieu de la route. L'adresse. Point.

Richard se racla la gorge, peu satisfait du manque d'informations données et paré de la même expression étrange.

— Fabien Tholet. Trente-huit ans. Marié. Cinq enfants. Commercial chez un vigneron du coin. D'après les trois « témoins », il n'était pas seul. Des bruits de disputes, peut-être…

De ses doigts, il avait mimé les guillemets au moment de prononcer le mot « témoin ».

— Les guillemets ne m'inspirent pas énormément, murmura Gabrielle.

— Un peu plus de trois grammes… en moyenne.

Gab ferma les yeux et posa les mains sur ses hanches.

— Trois grammes d'alcool dans le sang en moyenne, répéta-t-elle.

Elle savait déjà ce que cela présageait pour la cohérence des témoignages.

— Combien de témoins déjà ? demanda-t-elle.

— Trois. Elles fêtaient le recrutement de l'une d'entre elles. Elles ont aperçu deux personnes près du balcon en descendant la rue. Il y a eu haussement de ton. Puis une « masse » s'est écrasée devant elles. Il n'est pas tombé de haut, mais ça a suffi. Nuque brisée. C'est ironique. Cet endroit s'appelle le « chemin du casse-cou ».

— Donc ça peut être involontaire, releva Gab. Je suppose que cette « deuxième personne » s'est enfuie dans tous les cas. Un semblant de portrait-robot ?

— Tu as le choix, en fait. D'après la première demoiselle, il s'agirait d'une femme, blonde, assez petite, pas de précisions sur les vêtements. D'après la deuxième, on se dirige également vers une femme, de taille moyenne et aux cheveux sombres. La troisième pense qu'il s'agissait d'un homme, assez jeune et mince.

Elle s'approcha du corps, lorgnant sur les taches rougeâtres qui parsemaient la chemise.

— Du vin rouge, éclaircit Richard. Depuis quelques heures et avec la fraîcheur, l'odeur s'est un peu adoucie. Il y a les débris de la bouteille un peu partout autour de lui. Les souris de laboratoire tentent de ramasser le plus de morceaux possible dans l'éventualité d'empreintes.

Gabrielle écarquilla les yeux, dépitée devant le nombre impressionnant d'éclats.

— Trois témoins imbibés, trois descriptions qui ne se rejoignent pas, continua Richard. Les trois sont au poste pour récupérer leurs esprits. Une équipe fait déjà le tour des établissements du coin avec la photo de la victime pour chercher des informations plus solides, dirons-nous. Ton nouveau collègue t'attend pour aller voir la femme de Tholet.

— Mon nouveau collègue ? s'étonna-t-elle. Tu te décides enfin à prendre ta retraite ? tacla-t-elle.

— Non. Je laisse les choses reprendre leur place, répondit-il, hilare et satisfait de son effet de surprise.

Les yeux de Gabrielle s'assombrissaient au fur et à mesure que ceux de Richard se faisaient rieurs. Il consentit un signe du doigt pour désigner le balcon qui les surplombait. Elle hésita à lever les yeux. Une foule de scénarios défilait dans sa tête. Après une inspiration rapide, elle consentit à suivre la direction de l'index. Si le sourire de Richard était déjà troublant, celui sur le visage de l'homme accoudé à la rambarde était bien plus éloquent. L'intrus les observait depuis le début de leur conversation avec un mélange d'amusement et de fébrilité.

— Punaise, souffla-t-elle. Sébastien Garnier. C'est ça la « chose » qu'on devait m'annoncer au téléphone ? demanda-t-elle à Richard.

Ce dernier leva les bras au ciel et tourna les talons en direction des scientifiques. La tête toujours baissée, Gab restait statique tandis que Garnier prenait plaisir à la lenteur de sa descente. Elle pinça des lèvres. Au milieu des agents en uniforme, il détonait avec son allure toujours beaucoup trop soignée. La cravate volait avec légèreté sur la chemise sans faux plis. Si l'habit présentait bien, la malice sur le visage crachait sans pudeur toute la personnalité du personnage.

— Tu vas te provoquer des crampes au visage à sourire bêtement comme ça, lança Gabrielle sans autres formalités.

— Paraît-il que lorsque l'on devient très, très vieux, l'expression qui reste sur notre visage est celle que l'on a eue le plus au cours de sa vie, expliqua-t-il avec plaisir. Tu seras une grand-mère absolument effrayante, Gabrielle.

— Ne te fie pas à l'expression que j'ai là, tout de suite. Elle n'est destinée qu'à toi. Le reste du temps, je suis le bonheur incarné.

— « Bonjour, Garnier », « Tu m'as manqué, Garnier », chantonna-t-il.

— Et pourquoi pas un tapis rouge et des confettis ? railla-t-elle. Que s'est-il passé encore à Paris ? Tu as fait une grosse bêtise et ils se sont débarrassés de toi ? Attends… en fait, je m'en moque. Épargnons-nous toute cette politesse assommante. L'homme qui gît sur le sol un peu plus loin n'aura jamais l'occasion de voir son expression préférée sur son visage vieilli. Voilà la priorité.

Garnier douta un instant. Devait-il se réjouir de cet échange dont il avait l'habitude avec elle ou bien s'en inquiéter ? Une pointe d'amertume se percevait derrière les tacles enfantins. Il hésita à pousser l'interrogation sur le sujet puis se ravisa lorsqu'elle afficha un visage trop fermé, désormais tourné vers la victime.

— Les scientifiques n'ont relevé aucune griffure ni marque de coups pour l'instant. L'autopsie confirmera d'ici quelques jours, expliqua-t-il. Richard a déjà fait le topo des récits décousus des trois fêtards. Certains éléments reviennent tout de même. Il y avait deux personnes et le ton est monté. Je ne sais pas s'il y avait intention réelle de tuer ou non, mais une autre chose est sûre, la personne qui a provoqué cette dégringolade n'a pas pris la peine de descendre pour vérifier quoi que ce soit. La fuite directe…

— La panique, déduisit Gab.

— J'ai déjà vu ce genre de cas. Le responsable s'était dénoncé au poste dès le lendemain, une fois calmé, alors que la mort n'avait même pas encore été annoncée. Il se sentait beaucoup trop coupable.

— Tu te souviens…, commença-t-elle. Ici, c'est une petite ville.

Il sourit. Il se souvenait. Combien de fois l'avait-il entendu ? Combien de fois s'était-il promis de mettre une pièce dans une tirelire chaque fois que ce fait lui serait rappelé ? L'argument n'en restait pas moins imparable. Les journaux seraient en retard sur les potins. D'ici deux ou trois heures à peine, l'annonce non officielle de ce décès serait déjà sur toutes les bouches avec bien plus de détails que nécessaire.

***

Domicile de Virginie Tholet

Un bruit de souris pouvait réveiller la mère de famille. Les gens qui sortaient des restaurants voisins en pleine nuit passaient sous ses fenêtres. Dès le mois de juin, le phénomène s'amplifiait. La perspective de déménager n'effleurait pourtant pas son esprit. Elle aimait cette ambiance l'été et savourait la quiétude plus ou moins retrouvée le reste de l'année. À près de deux heures du matin, les mouvements de voitures coiffées de gyrophare se révélaient tout de même inquiétants. De l'étage, elle devina l'animation sur l'esplanade. Probablement une mauvaise bagarre, s'était-elle dit. Fabien, son époux, habitué des soirées avec son meilleur ami, et toujours au courant de la moindre actualité, ne tarderait pas à tout lui raconter dès son retour. Lorsque la sonnette retentit dans la maison de bourg, un frisson étrange traversa son corps. Bien trop tôt pour une visite. Devrait-elle témoigner de bruits ou faits étranges ayant conduit à tout ce tapage nocturne ? Sa main se crispa sur le col de son peignoir. Elle ferma instinctivement la porte de la chambre de son plus jeune fils. Il dormait d'un sommeil de plomb. La sonnette retentit une seconde fois. Lorsque les deux agents se présentèrent, elle resta bouche bée. Il s'agissait forcément d'une mauvaise blague. Ce genre d'escroquerie remplissait les lignes des faits divers du journal local. Gab et Garnier tendirent leurs plaques et annoncèrent la tragique nouvelle. Virginie recula d'un pas. Une voix lui hurlait de ne plus rien écouter, de fermer la porte et de continuer la journée comme si rien ne s'était passé. Elle préparerait le petit déjeuner et accompagnerait le petit à l'école. Elle enverrait un message à Fabien pour lui rappeler d'être sage, auquel il répondrait un « comme d'habitude ».

Gab et Garnier détestaient autant l'un que l'autre les annonces de décès. À ce moment précis, la douleur des vivants explosait en larmes, en cris ou en état de choc au silence pesant des tonnes. Virginie Tholet entendait les mots comme si sa tête se trouvait immergée sous l'eau. Le bruit était sourd, lointain.

— Respirez doucement.

Elle ne sut qui avait prononcé cette phrase ni même à quel moment, elle s'était assise sur le sofa du salon, les doigts toujours accrochés à son encolure.

— C'est une erreur. Il a passé la soirée avec Laurent, son meilleur ami. Ils passent beaucoup de temps ensemble. Tout le temps. Ils sont ensemble, là, quelque part à décuver ou bien chez Laurent ou bien à la cabane. Laurent et Karen habitent de l'autre côté de la Loire. Karen était avec moi hier soir. Ils font leurs soirées entre hommes et nous...

Elle stoppa son histoire, soudain consciente des expressions désolées de ses interlocuteurs.

— Laurent m'aurait appelée, souffla-t-elle.

— Nous allons avoir besoin de son nom et de ses coordonnées, madame Tholet. Trois personnes ont cru assister à une dispute, mais sont incapables d'identifier clairement le deuxième individu.

Comme réveillée brutalement, Virginie se redressa et saisit son portable pour fournir les informations demandées. Elle secouait la tête, étouffée par un rire nerveux.

— Bien entendu. C'est une erreur. Je vous donne son numéro, son nom, tout ce que vous voulez, mais... c'est impossible. Et puis, ils sont amis depuis presque vingt ans. Ils ont fait les quatre cents coups. Deux anciens coureurs de jupons un peu délurés... ils ont « grandi » ensemble. Nous sommes tous une famille. C'est... c'est idiot. Ils sont sûrement à la cabane de chasse comme d'habitude, à décuver. Nous avons un petit étang à mi-chemin entre nos deux maisons...

Elle se tut, essoufflée, à bout d'explication.

— Maman ? interpella une jeune voix.

Un petit garçon d'à peine neuf ans se tenait debout, au bas des escaliers, une peluche serrée sous son bras.

Gabrielle balaya des yeux le reste de la pièce, interpellée par un renfoncement vitré. Un placard encastré qui faisait presque la largeur du mur du fond abritait une collection impressionnante de bouteilles de vin. La vitrine lumineuse, agrémentée de pierres de parement, révélait une passion certaine pour le liquide précieux régional. « Sancerre » s'affichait de toutes les couleurs avec les noms de tous les propriétaires alentour. Étiquetées sur les goulots, les dates d'achat se suivaient au jour près.

— Il achetait chaque nouvelle cuvée de chaque Sancerre qu'il aimait, expliqua Virginie en voyant l'intérêt de l'agent.

La femme cajolait son fils avec douceur alors qu'il ignorait encore ce qu'il se passait. Elle stoppa, la respiration de nouveau difficile. Ses yeux étaient exorbités devant la quantité de bouteilles.

Une heure passa entre bafouillages, emploi du temps et relations. Durant l'échange entre Garnier et Virginie, Gabrielle se surprit à espérer un dénouement tel évoqué par son collègue plus tôt dans la matinée : un accident stupide causé par un taux d'alcool atomisant le compteur et un coupable rapide. Lorsque les deux agents quittèrent le domicile, Garnier afficha une moue perplexe.

— Non, trancha-t-elle avec calme.

— « Non » quoi ?

— Ne complique pas une affaire qui va se révéler être idiote au possible ! Je reconnais cette expression. Renvoie-la à Paris, tout de suite.

— Si Fabien Tholet a bien passé la nuit avec son meilleur pote, nous aurons très vite les réponses.

***

Sur la route du département voisin à destination du couple ami de la victime, la musique hurlait dans l'habitable du véhicule de Gabrielle. Garnier comprit dès la première seconde le message : pas de conversation. Il tenta la patience les dix premières minutes avant d'appuyer sur le bouton de la radio pour la faire taire.

— On ne peut pas dire que tu te sois montrée très bavarde au téléphone ces derniers mois, lança-t-il sur un air voulu taquin.

— Je ne suis pas experte en relations longue distance, renvoya-t-elle, concentrée sur la route.

— Si j'avais pu revenir plus tôt…

— Personne ne t'a rien demandé, coupa-t-elle. Tu avais de bonnes raisons de rester là-bas. Nous savions tous qu'il n'y avait rien pour toi ici.

Il écarquilla les yeux, piqué au vif. La danse avec Gabrielle consistait à faire éternellement un pas en avant et six en arrière. L'éloignement forcé avait accentué le phénomène.

— C'est bien dommage parce que je n'ai plus l'intention de partir, répondit-il. Je me suis habitué à cette tranquillité et c'était une pénitence de la quitter, même temporairement.

— Ta famille et tes amis doivent être drôlement contrariés, murmura-t-elle.

— J'ai bien conscience que la seule rencontre que tu as faite avec eux n'était pas des plus réjouissantes, mais, contrairement à ce que tu penses, ils t'ont beaucoup aimée.

Elle laissa échapper un petit rire nerveux.

— Mes parents sont à la maison en ce moment. Ils étaient curieux de visiter le coin, continua-t-il.

— Tu les salueras de ma part.

— Je pensais que nous pourrions dîner tous ensemble, proposa-t-il.

Toujours aucun échange visuel. Gabrielle prenait la conversation de loin, peu désireuse de s'investir davantage. Garnier hésita. Une semaine plus tôt, à Paris, il remplissait ses valises avec un enthousiasme d'enfant, persuadé que la relation à la fois ambiguë et amicale avec Gab reprendrait de plus belle. Il se trouvait soudain refroidi. Était-elle vexée ou se foutait-elle réellement de lui et de son retour ? L'indifférence se révélait plus cruelle pour lui qu'un petit accès de colère. Il n'eut pas le temps de renchérir. La voiture stoppa devant le domicile de Karen et Laurent Ruffat.

Les volets étaient fermés. Garnier jouait avec le bouton de la sonnette depuis dix bonnes minutes lorsque Karen Ruffat ouvrit la porte, habillée d'un pyjama et d'un air contrarié.

— T'as oublié tes clés ou quoi ? lança-t-elle en se frottant les paupières.

Elle ouvrit enfin les yeux sur les cartes des deux agents et se figea.

— Oh non, souffla-t-elle. Qu'est-ce qu'ils ont fait encore ?!

— C'est au sujet de Fabien Tholet, commença Garnier.

— Oh, mais ça je m'en doute, s'amusa Karen Ruffat. Lui et mon mari ont bu un coup de trop et sont au poste à décuver ? C'est bien ça ? Ou bien une bagarre idiote ?

La sonnerie d'un téléphone résonna derrière elle et Karen pencha la tête en arrière, fatiguée.

— Quoi qu'ils aient fait, gardez-les chez vous pour la journée. Ça leur fera les pieds.

— Fabien Tholet est mort dans la nuit, madame Ruffat, annonça Gabrielle, coupant court à toute autre hypothèse.

Trois témoins parlent d'une dispute. Virginie Tholet nous affirme que vos maris étaient ensemble hier soir.

Karen réfléchit un instant, tentant d'enregistrer ces nouvelles informations et les conséquences de ses réponses.

— Vous ne pensez pas sérieusement que Laurent ait quoi que ce soit à voir là-dedans !? C'est idiot.

— Il peut très bien s'agir d'un accident, madame, expliqua Garnier. Fabien Tholet est tombé de l'esplanade de Sancerre. Savez-vous où se trouve votre époux ?

Karen s'enfonça dans le couloir menant à la salle à manger, laissant les agents entrer à sa suite. Elle coupa le téléphone crachant une nouvelle fois sa musique préférée. « Virginie » s'affichait en gros sur l'écran lumineux. Dix appels en absence.

— J'ai passé la soirée avec Virginie. Laurent et Fabien aiment les festivités locales. Lorsqu'ils y vont ensemble, nous… on passe la soirée ensemble. Je suis rentrée hier soir. Ma fille, Romy, est à la maison et malade. Je ne souhaitais pas la laisser seule trop longtemps.

— Votre mari n'est pas rentré ? demanda Gabrielle.

Karen secoua la tête en signe de non.

— Ils ne rentrent jamais la nuit, expliqua-t-elle. J'ai des horaires chaotiques et je dors mal. Lorsqu'ils partent pour la soirée et savent qu'ils vont rentrer tard, ils dorment à la « cabane ».

Karen s'assit, son téléphone dans la main serrée.

— Vous pensez qu'il est arrivé quelque chose à mon mari ? s'inquiéta-t-elle alors.

— La « cabane » se contenta de répéter Gabrielle. Il s'agit de la même cabane de chasse dont nous a parlé Virginie ? Il nous faut l'adresse. Votre mari ne vous appelle pas lorsqu'il ne rentre pas ?

Karen fixa son téléphone et fit défiler ses derniers messages. Sans un mot, elle le tendit à Garnier près d'elle.

« Nuit à la cabane. Fabien est torché !

Dispute conjugale en perspective 😊*.*

Bisous. Je t'aime. »

Garnier tendit l'appareil à Gabrielle pour qu'elle voie l'heure du texto : une heure vingt. Karen griffonna l'adresse de la fameuse cabane sur un post-it. Des pas lascifs attirèrent leur attention. Une jeune fille, environ dix-huit ans, les cheveux emmêlés et le visage encore endormi, se présenta dans l'encadrement de la salle à manger.

— Bonjour, grogna-t-elle avant d'apercevoir les deux intrus. Il y a un problème ? Où est papa ?

Karen se releva et entoura la demoiselle de son bras.

— C'est ma fille, Romy, expliqua-t-elle aux agents avant de se tourner vers elle.

— Il est arrivé quelque chose à tonton Fabien…

Lorsque Gab et Garnier refermèrent la porte de la maison, les pleurs de Romy arrivaient encore à leurs oreilles. Gabrielle s'affala dans son siège tandis que Garnier enregistrait l'adresse à rejoindre.

— Ça sent mauvais, chantonna-t-il.

— Tais-toi.

— Laurent Ruffat a envoyé le texto à sa femme à l'heure où nos trois témoins ont prévenu la gendarmerie. Tu comprends… à l'heure où il a envoyé le mot, Fabien était déjà mort. Comment aurait-il pu être en route pour la cabane avec son pote ?

— J'avais compris, merci. Heureusement que tu es là pour m'éclairer de tes lumières. Tant d'affaires non élucidées ces quatre dernières années à cause de ton absence… ironisa-t-elle.

— C'est vrai ?

— Non ! Andouille. Attache-toi… même si tu ne risques pas d'être ballotté dans la voiture avec la taille de tes chevilles !

Il s'amusa du tacle et obéit.

— Tu devrais te réjouir, conclut-il. Nous aurons notre coupable avant la fin de cette matinée. Accident ou pas, cette affaire sera classée rapidement. J'aime ce genre d'enquête. Pas de complications. Pas soixante-dix témoins à interroger. Personne à torturer pour obtenir des aveux. On va retrouver ce Laurent en boule dans son petit abri de bois, la bouteille à la main, qui finira par avouer avoir chahuté bêtement avec son binôme de beuverie et voilà.

Le téléphone de Gabrielle vibra dans sa poche et elle jeta un coup d'œil rapide. Elle se reconcentra, sans un mot, sur la route, une moue étrange sur le visage.

— Important ? demanda Garnier, curieux.

Elle resta silencieuse et il fronça les sourcils. Arrivés à destination, les agents se garèrent derrière la voiture déjà présente. Gabrielle remua son carnet de notes sous le nez de Garnier.

— La voiture de Laurent Ruffat et… commença-t-elle pour jouer le suspense.

Elle approcha de l'entrée et, après une petite vérification, poussa la porte entrouverte, sans cérémonie. Perdue au milieu de nulle part, amoureusement entourée de bosquets, la fameuse cabane ne risquait pas d'être visitée. Aucune précaution particulière n'assurait la sécurité de son locataire du moment. Laurent Ruffat ne s'attendait aucunement à une quelconque intrusion. Il se trouvait lové contre une femme qui n'était pas la sienne d'après la mairie de sa ville. Si Gabrielle le savait, avertie par Richard lors du fameux texto lors du trajet, Garnier fut davantage surpris.

— Laurent Ruffat et la demoiselle accrochée à son bras hier soir quand il a quitté le bar d'après plusieurs témoins interrogés par Richard, termina Gabrielle. D'après son message, les tourtereaux ont fait la fermeture du bistrot en question à minuit pile et Fabien Tholet a pris une autre direction, seul.

Le couple végétait, complètement nu sur les draps froissés d'un lit d'appoint. Aucun des deux amants n'avait entendu le bruit. L'homme ronflait fortement et sa compagne s'étalait sur lui dans une position pourtant inconfortable.

— Tu les réveilles ou c'est moi ? demanda-t-elle.

Garnier claqua la porte d'un grand coup et Ruffat sursauta avant de s'affaler sur le sol. La femme se recouvrit du premier tissu qu'elle trouva sous la main après avoir poussé un cri strident.

— Et c'est moi qui manque de délicatesse d'après toi, marmonna Gabrielle.

— Bon sang, mais c'est quoi ce bordel !? s'insurgea l'homme encore chancelant avant de s'empêtrer dans son pantalon.

2

Poste de gendarmerie de Sancerre

Laurent Ruffat attendait, les mains jointes, sur sa chaise. Les yeux dans le vide, la respiration lente, l'homme semblait choqué. Gabrielle l'observait derrière la vitre, un dossier dans les mains, persuadée que l'annonce de la mort de son ami, Fabien Tholet, n'était pas sa principale source de préoccupation.

— Qu'en penses-tu ? demanda Garnier aux côtés de sa partenaire.

— Il se demande sûrement ce que sait sa femme.

— Et que sait sa femme ?

— À ma connaissance, rien pour le moment. Elle l'a appelé tout à l'heure et il s'est contenté du minimum d'explications. « Je vais au poste pour répondre à quelques questions. On en parle tout à l'heure. » Nous n'avions aucune raison de la recontacter nous-mêmes à ce stade.

— Le dossier dans tes mains... l'autopsie ?

— Non. Trop tôt. Ce sont les informations concernant Fabien Tholet et récoltées par Richard et Julien. Tu en avais déjà certaines : il laisse cinq enfants derrière lui, issus de ses deux précédents mariages ainsi que celui avec Virginie. Il était commercial dans une entreprise viticole de la région depuis presque quinze ans. Il fait partie d'une association de pêche et de chasse, est bénévole à plusieurs autres. Passionné de bateau. Collectionneur de bon vin, comme nous avons pu le constater chez lui. Bon vivant. Collègue sympathique et plutôt populaire auprès de la gent féminine, mais sans que qui que ce soit n'aille plus loin dans cette dernière description.

Gab grimaça et Garnier sourit.

— On ne s'oriente plus trop sur un accident avec ce genre de profil, releva Garnier.

— Il n'est toujours pas à exclure, tenta Gabrielle.

— On se rassure comme on peut, agent Lorcat ? s'amusa Garnier. « Madame » ne veut pas d'une liste de suspects qui s'allonge.

Elle roula les yeux dans ses paupières et pénétra dans le bureau où se trouvait Ruffat. Les deux agents se placèrent face à lui et il consentit à lever la tête, dans le brouillard le plus total.

— Vous êtes certains qu'il s'agit de Fabien ? demanda-t-il.

Garnier fit glisser l'un des clichés de la scène de crime sur la table et Ruffat secoua la tête, perturbé.

— Il était bien vivant lorsque nous nous sommes séparés, se défendit-il aussitôt.

— Nous avons effectivement des témoins qui le confirment, assura Garnier. Le gérant du bistrot dans lequel vous vous trouviez et la demoiselle avec qui vous avez passé la nuit. Ce que nous voulons savoir, c'est avec qui votre ami est parti.

Ruffat laissa échapper un rire nerveux.

— D'après vos épouses respectives, vous étiez inséparables. A priori, vous deviez passer la soirée et la nuit ensemble. Une habitude d'après ce qu'elles savent. Mais peut-être que ce n'est pas la première fois que vous vous séparez pour rejoindre vos maîtresses. Nous nous fichons du fait que ces soirées vous servaient d'alibis. Nous voulons le nom de la personne que voyait Tholet.

— Je n'en ai absolument aucune idée, souffla-t-il, presque hilare.

— Vous êtes amis depuis combien d'années ? interrogea Gabrielle.

— Presque vingt ans, répondit Ruffat sans sourciller.

— Vous m'avez l'air peu attristé, nota-t-elle.

Ruffat réfléchit un instant à la façon de formuler le fond de sa pensée.

— Écoutez, Fabien n'était pas…

Il buta, fixa le plafond.

— C'était un grand garçon, adulte et vacciné. Nous étions amis. Pas mariés. J'ai rencontré une femme et nous sommes partis tous les deux. Fabien rentrait chez lui d'après ce que j'en sais. Il était à pied. Beaucoup de viandes saoules traînaient encore sur la place de Sancerre. Je ne sais pas… une simple altercation sûrement et c'est dramatique. Il était lui-même bien enivré. J'aurais pu le raccompagner. J'aurais dû. Je vais m'en vouloir toute ma vie pour ça. Mais il n'habitait pas loin et je n'avais aucune raison de penser que la nuit se terminerait de cette façon.

Ruffat posa ses coudes sur la table et lança d'une expression assurée :

— Il est parti seul de ce bar à près de minuit. C'est tout ce que je sais.

— Est-ce la première fois que vous vous sépariez ? Durant vos soirées ? Était-ce une habitude qu'il avait également de son côté ? Avait-il également une maîtresse ? Quelqu'un qu'il aurait pu rejoindre ?

— Fabien avait un certain succès auprès des femmes, mais il était marié, expliqua Ruffat comme une évidence.

Enfoncée dans sa chaise, Gabrielle dévisagea l'homme lui faisant face qui enchaînait les réponses bien trop vagues à son goût.

— Quel est le nom de la femme qui vous accompagnait ? finit-elle par demander d'un ton calme.

— Je ne vois pas le rapport, s'étonna Ruffat.

— C'est une simple question. Quel est son nom ?

— Vous l'avez interrogée aussi, non ? Vous le connaissez !

— Répondez à la question.

Garnier perçut le piège de sa collègue. Dans sa tête, elle dessinait déjà les portraits psychologiques de ce couple d'amis. Elle attendait une simple confirmation et l'élément qui allait compliquer l'enquête. Ruffat s'offusquait et s'agitait. Il tourna la tête et aperçut sa femme rentrer dans la salle voisine. La nervosité gagnait du terrain.

— C'était un coup d'un soir, OK ?! Je ne me rappelle plus son prénom. J'étais saoul et est arrivé ce qui devait arriver. Ça n'a aucun rapport avec la mort de Fabien. Vous allez en parler à ma femme ?

— Je me fiche de votre vie privée, expliqua Gabrielle. Je vais vous dire ce que je pense. Je pense que vous n'en étiez pas à votre première soirée de ce genre avec votre ami. Je pense qu'il s'agissait d'une habitude. Vous partiez en soirée, supposément ensemble, puis vous vous sépariez, vous servant mutuellement d'alibis. Mais je pense que cette fois, tout ne s'est pas passé comme il fallait et que son aventure à lui a tourné court. Il a accosté la mauvaise personne ou a provoqué la colère d'un petit ami jaloux… Votre soi-disant meilleur ami est mort cette nuit. Il avait une femme et des enfants qui méritent de savoir ce qu'il s'est passé exactement. Je veux bien croire que vous ne connaissiez pas le nom de votre coup d'un soir et encore moins celui de Tholet, mais il me faut des détails. Une couleur de cheveux, un profil, un portrait…

— Et je n'ai rien vu ! paniqua Ruffat. Il est parti seul !

Il reprit son souffle et tenta de se calmer tandis que son épouse lançait un regard inquiet dans sa direction.

— Fabien n'était pas un ange, mais il n'a jamais manqué de respect à personne. Tout le monde l'aimait. C'est forcément un accident idiot. Il s'est déjà vautré plusieurs fois avec plusieurs verres dans le nez. C'était un amateur de vins. Il les collectionnait. C'était un bon vivant. Il n'a jamais su s'arrêter. Une fois, je l'ai retrouvé endormi dans sa voiture, les jambes sur le trottoir et la tête enfoncée dans le siège passager.

Ruffat riait en contant l'anecdote puis il se figea.

— Il a fait une ou deux entailles au contrat de mariage, mais rien de méchant et puis, il n'était pas bête. Il ne se mettait pas en danger.

— Y a-t-il des chances que sa femme ait été au courant ? demanda Garnier.

— Non ! s'exclama Ruffat. Elle l'aurait tué.

À peine avait-il terminé sa phrase qu'il réalisa sa portée. Le domicile conjugal des Tholet se trouvait deux kilomètres plus loin que le lieu du crime. Même avec des enfants au lit, la possibilité d'une sortie de l'épouse bafouée s'envisageait.

— Elle ne savait rien, rattrapa maladroitement Ruffat.

— Et ça, vous en êtes certain ? s'amusa Garnier. Ses collègues et amis dépeignent un homme bien sollicité et il s'agissait d'une troisième union. Aucune crise de jalousie ou vaisselle brisée pendant les repas familiaux ?

— Si on devait s'entretuer à chaque petite dispute de couple... souffla Ruffat. Virginie est très gentille. Elle ne ferait pas de mal à une mouche. Elle pardonne vite.

— Elle a donc déjà « pardonné », releva Garnier.

Ruffat pinça des lèvres, conscient que les heures passaient et qu'il en disait trop ou pas assez. Ses propos ne finissaient plus de se contredire.

— C'est vieux, dit-il. Une secrétaire de la boîte où on bosse. Une connerie.

— Cette « connerie » habite dans le coin ? demanda Garnier.

— Sancerre.

Gabrielle arrondit les yeux et décapuchonna son stylo.

— La rupture s'est bien passée ?

Ruffat se frotta le visage, fatigué.

— Il y a eu séparation des deux côtés. Fabien est retourné avec Virginie, mais… le couple d'Anne n'a pas tenu.

— Vieille comment cette histoire ?

Les pieds de la chaise de Ruffat grinçaient de plus en plus, remués par les mouvements nerveux des jambes.

— Plusieurs mois… deux ou trois.

— Effectivement plusieurs mois, murmura Gabrielle.

— Virginie est intelligente et sait que tout le monde a un passif, insista Ruffat. C'est une crème. Ce n'est pas le genre à se montrer violente.

— Et la fameuse « Anne » ? Elle a quel genre de tempérament ?

— Dépressive, répondit Ruffat avec nonchalance. C'est le genre fragile. Abonnée chez un psy, vous voyez. Mais ça datait d'avant Fabien.

Gabrielle chercha le regard de Garnier. Celui-ci s'était fait plus sombre, plus silencieux. Tandis que Ruffat étalait son témoignage sur papier, les deux agents rejoignirent leurs bureaux respectifs se faisant face. Un carton seul décorait celui de Garnier. Il déballa ses affaires, la bouche toujours cousue, chose suffisamment rare pour que Gabrielle s'en étonne.

— Nous devons revoir l'emploi du temps de Virginie Tholet et interroger l'ancienne maîtresse, annonça-t-elle pour relancer la conversation. Quelque chose te contrarie ?

Il releva les yeux et renvoya un sourire enfantin satisfait.

— Tu t'inquiètes ? taquina-t-il.

— Non. C'était juste par politesse.

Il acquiesça, amusé puis inspira. Il fit rouler sa chaise jusqu'à celle de Gabrielle et en écrasa le dossier les bras croisés.

— Mon père pensait mourir après ses premières séances de chimio et un soir, avec ma mère, ils se sont « amusés » à jouer cartes sur table sur tout ce qu'ils avaient fait de leurs vies. Ne me demande pas quelle idée saugrenue les a poussés à ça… On a appris qu'il avait flirté avec une ancienne collègue vingt ans plus tôt. Il était toujours en déplacement. J'avais toujours vu leur couple comme inébranlable et parfait. J'ai longtemps culpabilisé, j'avoue. Je ne pensais pas trouver un jour ce genre d'équilibre. Je réalise m'être forcé d'une certaine façon dans mes deux ou trois anciennes relations à ressembler à ça et tenir la distance même lorsque je savais que ça ne collerait pas.

— Les croyances du « petit » Sébastien Garnier se sont effondrées ? taquina Gabrielle.

— Pas vraiment, répondit-il avec le sourire. Mon père est devenu tout blanc et après dix bonnes minutes de silence, ma mère a sorti un « on est quitte ». Une brève aventure durant la même période. Tu me crois ou non, ils se sont regardés, les yeux écarquillés et ils sont partis en fou rire. Mon frère était dépité et ma belle-sœur outrée. J'avoue que j'ai ressenti comme une sorte de trahison. J'avais tout d'un coup dix ans et l'impression qu'ils avaient trompé toute la famille.

— Et l'interrogatoire de Ruffat t'a fait penser à ça ?

— C'est idiot, mais j'ai juste réalisé que mes parents n'avaient rien à voir avec ces gens-là justement. Ils ont fait leur erreur, mais la situation était compliquée et ils ont appris et se sont toujours aimés. L'expression de Ruffat en parlant des histoires de Tholet ou en évoquant les maîtresses… Un peu malsain, non ?

— Envisageais-tu d'appeler toutes tes ex pour t'excuser de ton comportement de mufle ? s'amusa Gab.

— Mais moi, j'ai toujours été un ange, agent Lorcat. La seule femme qui ne m'a jamais rappelé après une nuit commune a bien plus de travail à faire sur elle-même que moi.

Gabrielle éclata de rire, soufflée par l'évocation d'un souvenir commun paraissant appartenir à une autre vie. Des images défilèrent dans son esprit : celles du Bal des Sorciers du village de Bué, de ses danses locales, de ses rires enivrés puis, à l'écart de la foule, alors que le feu d'artifice retentissait, les vêtements des deux agents tombant sur le sol. Elle reprit ses esprits aussi vite que ce soir-là. Sa propre mère avait enchaîné les conquêtes malheureuses, inguérissable du départ du père de Gabrielle. Beaucoup de « pères » de substitution s'étaient enchaînés puis évaporés, laissant à la seule enfant du foyer la certitude qu'il valait mieux être seule que mal accompagnée ou déçue. Marquée par la dépression de la femme censée l'élever et ses trop nombreuses conséquences, Gabrielle avait privilégié le célibat, entrecoupé de très rares relations avortées rapidement. Pas d'attaches, pas de drames. Un seul moment de faiblesse, vieux de cinq ans, les avait conduits, elle et Garnier, à lâcher prise à l'écart d'une soirée, à l'abri d'un muret tapissé de lierres et de fleurs. Cinq ans. Une éternité. D'ailleurs, un changement majeur s'était opéré dans la vie de Gabrielle qu'elle tairait encore pour le moment. Richard coupa le fil de la pensée des agents avec un feuillet estampillé du laboratoire.

— Un indice ? espéra Garnier.

Richard pouffa.

— La bouteille brisée près de Tholet n'était pas du Sancerre, mais du Bordeaux.

— Passionnant et terriblement utile, marmonna Gabrielle. Ils ont trouvé ça en le reniflant ?

— Non, en rassemblant les morceaux d'étiquettes pour chercher des empreintes qu'ils n'ont pas trouvées.

— Nous voilà bien avancés, ironisa Garnier. Nous aurons peut-être plus d'informations en rendant visite à la maîtresse délaissée.

***

Entreprise viticole Grégoire Valdone

Gab et Garnier traversèrent le hangar principal sous les regards curieux des employés saisonniers et habituels. Au bout de quinze années d'ancienneté, d'après le profil du collègue sympathique évoqué à plusieurs reprises, Gabrielle s'attendait davantage à des expressions de tristesse. Sans savoir l'expliquer, elle ressentait une gêne impressionnante, une honte suintant presque par les pores de certains employés.

— Tu sens le malaise ou c'est moi qui me fais des idées ? demanda-t-elle à Garnier pour chercher un appui.

— Je valide le malaise. Les personnes qui baissent la tête quand ils voient des gendarmes m'inspirent peu. On dirait qu'ils prient tous pour ne pas être interrogés.

Passée la porte du secrétariat, Gab fut choquée par la silhouette d'Anne Trépan. Le profil s'éloignait de ce qu'elle envisageait. La femme aux lunettes colorées arborait un style étrange, coincé entre la comptable rigide et la femme cherchant à s'affirmer. La silhouette filiforme titubait maladroitement sur ses cinquante kilos à peine pour son mètre soixante-dix. Le teint beaucoup trop pâle accentuait les cernes violets du manque de sommeil et des pleurs répétés. Les mains tremblantes, elle replaça son carré blond derrière ses oreilles et se recroquevilla derrière son bureau. La poubelle débordait de mouchoirs en papier.

— Nous sommes tous accablés par la perte de Fabien, s'excusa-t-elle avec difficulté. Nous répondrons à vos questions bien entendu. Tout ce qui permettra de retrouver celui qui a fait ça…

Elle étouffa un sanglot et Garnier fit signe à Gabrielle qu'il partait interroger les autres employés. « Dégonflé » fut le mot qu'il devina sans qu'elle eût à le prononcer. Gabrielle tira sur l'un des mouchoirs en papier qui dépassait de sa boîte et s'assit près d'Anne.

— Nous retraçons le parcours de Fabien et l'emploi du temps de tout son entourage, Anne. Nous avons appris pour votre relation…

— Ce n'était pas un secret, coupa l'intéressée entre deux sanglots. Nous étions amoureux.

— Cette relation s'est terminée il y a quelques mois, c'est bien cela ?

— Non, elle ne s'était pas arrêtée. Nous avons essayé, mais le lien était trop fort.

Trépan présenta son téléphone portable directement pour faire défiler les derniers messages de Tholet.

— Vous pouvez le garder et tout lire. Je n'ai rien à me reprocher si ce n'est d'être tombée amoureuse. Le soir de sa mort, j'étais à une soirée du comité des fêtes de ma ville. Je peux vous donner l'heure exacte et une liste des gens qui étaient avec moi. Mon ancien conjoint était là également avec notre fille. Si vous cherchez une coupable, fouillez du côté de sa femme. Elle refusait le divorce et lui faisait du chantage affectif. Elle se servait de leurs enfants.

Gabrielle tapotait son stylo sur le bureau, écoutant à la fois le récit d'Anne et scrutant Garnier du coin de l'œil.

Ce dernier s'était orienté vers deux femmes aperçues dès l'entrée. L'une d'elles s'était présentée comme la chef d'équipe et indiquait un endroit retiré à Garnier.

— Fabien Tholet a-t-il déjà eu des altercations sur son lieu de travail ? Comment étaient ses rapports avec Anne Trépan ? interrogea-t-il.

La femme hésita, se gratta le cuir chevelu et reposa ses mains tremblantes d'un stress mal contrôlé à l'intérieur de ses coudes.

— Je ne veux pas d'ennui ou dire du mal.

— Tholet est mort. Le seul mal que vous pourriez faire est de ne pas nous aider à trouver le coupable.

— Je comprends. Écoutez, Fabien était sympathique et charmeur, vous voyez. Il aimait plaire et draguer. La plupart d'entre nous prenions ça à la légère. On rentrait dans le jeu sans être sérieuses. Mais Anne a sauté à pieds joints dans cette histoire. Ils avaient une liaison et tout le monde le savait... je veux dire, à part sa femme.

Elle releva les sourcils en secouant la tête.

— C'est toujours comme ça, hein, ajouta-t-elle.

— Ils étaient toujours ensemble ?

— Oui et non. C'était un peu le chaud et le froid. C'était compliqué.

— Compliqué au point qu'elle puisse lui faire du mal ?

— Non ! s'exclama la chef. Anne est dépressive, mais pas violente pour un sou.

— Son mari est déjà venu ici ?

— Non. Un autre est déjà venu, mais ça date de plus d'un an.

— Un autre mari ? Le mari de qui ?

— Fabien avait un peu fauté avec une intérimaire. Elle est partie depuis. Ils ne sont même plus de la région.

Garnier prenait scrupuleusement des notes tandis que de son côté, Gab jetait un œil au téléphone portable dans sa main, donné par Anne Trépan. Elle fit défiler les divers textos. Les mots doux s'enchaînaient autant que les excuses pour maintenir la relation plus légère qu'Anne Trépan ne le souhaitait. Le dernier envoi datait de deux jours avant la mort de Tholet pour un rendez-vous extérieur fixé en fin de semaine suivante.

— Anne, les personnes que nous avons rencontrées ont évoqué le succès de Fabien auprès des femmes. N'y a-t-il jamais eu altercations à votre connaissance avec l'une d'elles ou un mari ou petit ami mécontent ?

— Fabien avait une réputation de charmeur, mais ça n'allait pas plus loin. Beaucoup fantasmaient sur lui et racontaient des choses. La jalousie…

Elle renifla bruyamment avant de suffoquer, prise de convulsions. Son corps glissa de sa chaise et ses jambes heurtèrent le bureau.

— GARNIER ! appela Gab avant de composer le numéro du SAMU.

***

Domicile de Virginie et Fabien Tholet, Sancerre

Dans la main de Karen Ruffat, celle de Virginie s'avérait froide et inerte. La jeune veuve renvoyait un visage fantomatique à la lividité tout juste rehaussée par les gerçures du nez et du contour des yeux. Que dire ? L'état de choc qu'elle pensait de courte durée s'éternisait finalement. Karen ignorait si son amie avait annoncé la nouvelle à son jeune fils de huit ans, Ethan. Il était apparu à l'entrée de la maison avec son sourire et son insouciance ordinaires. Rien ne transparaissait sur la bouille enfantine. Comprenait-il ce qu'il se passait autour de lui ? Elle en doutait. Comment aurait-il pu intégrer une information que sa propre mère ne comprenait toujours pas ?

— Un journaliste est venu, raconta-t-elle la voix vacillante. Il voulait faire le portrait de Fabien dans le journal. C'est une personnalité dans la région, Fabien.

L'emploi du présent pour évoquer Fabien ne rassura guère Karen.

— Tu n'es pas obligée de répondre aux journalistes tout de suite, Virginie. C'est un peu tôt et indécent de leur part. L'enquête est en cours.

— L'enquête, répéta l'épouse hagarde. Je ne comprends pas. C'est idiot.

Elle libéra sa main de celle de son amie et sortit un formulaire de son sac devant elle. Sur ses genoux, elle posa le prospectus des pompes funèbres et en tourna les pages comme s'il s'agissait d'un catalogue quelconque.

— C'était bienveillant. C'est un gentil portrait. Tout le monde aime Fabien. Tout le monde aimait, corrigea-t-elle, seule.

Elle secoua la tête et écarquilla les yeux pour empêcher les larmes.

— Où était Laurent le soir de la mort de Fabien s'il n'était ni avec toi ni avec Fabien ? finit-elle par demander. Ils devaient être ensemble !

Karen hésita. L'endroit où se trouvait son mari le soir en question ne posait pas le plus gros problème. Le souci était ce que ça impliquait pour Fabien et son propre emploi du temps.

— Il est parti plus tôt… avec une femme, avoua-t-elle finalement.

Virginie parut sortir de son brouillard, une expression choquée sur le visage.

— Tu le savais ? demanda-t-elle.

— Bien sûr que non, rit nerveusement Karen. Les gendarmes les ont retrouvés au chalet.

Virginie baissa les yeux, soudainement gênée.

— Toi, tu le savais ? comprit Karen.

Virginie ferma les paupières et inspira, de nouvelles gouttes glissant sur ses joues.

— Oui et non. Fabien soupçonnait des écarts de la part de Laurent. Il m'a dit se sentir gêné par rapport à ça et d'autant plus motivé à ne plus le lâcher en soirée. Chose qu'il n'a pas faite ce soir-là, déplora-t-elle. Laurent serait rentré et Fabien encore vivant. Karen, je suis si désolée. Je comprendrais que tu m'en veuilles, mais je n'étais certaine de rien et je ne voulais pas provoquer de malaise sans être sûre. La sanction se suffit…

Karen, figée, semblait être en proie à mille et une pensées contradictoires.

— La sanction se suffit, reprit-elle.

— Tu peux rester à la maison, implora Virginie.

Karen ignorait s'il s'agissait d'une supplique pour ne pas rester seule ou d'un besoin de se faire pardonner, mais elle accepta sans réfléchir. Chez elle, l'ambiance était pesante. Laurent piétinait, empoté, muet. Romy, leur fille de dix-huit ans ne se levait plus, toujours aussi malade et perturbée depuis la mort de l'ami de la famille et ignorant où se trouvait son propre père. Soutenir Virginie était l'excuse parfaite pour prendre du recul et protéger les enfants.

— J'ai su qu'ils avaient interrogé Anne Trépan, annonça-t-elle tout de même, désireuse de renvoyer le mariage des Tholet à ses propres failles.

Elle regretta presque, consciente de l'amertume difficile à contrôler.

— Il n'y aurait rien d'étonnant, persifla Virginie. Elle n'a jamais lâché !

— Elle a un alibi, coupa aussitôt Karen.

— Peu importe. Si elle ose se pointer à l'enterrement... je ne sais pas ce dont je serai capable ! Tu réalises... ses ex, ses autres enfants et Anne ?!

Elle souffla bruyamment avant d'éclater en sanglots.

***

Gendarmerie de Sancerre

Le grincement de la chaise de Garnier n'avait définitivement pas manqué à sa collègue. Il se balançait de gauche à droite, faisait parfois un tour complet comme un enfant. Elle allongea sa jambe sous le bureau pour donner un coup dans une des roulettes. Il stoppa net, les mains à plat sur le bois du meuble et plissa les yeux en guise de faux mécontentement. Tout l'amusait.

— Je vais demander des chaises à pieds fixes à la personne chargée de ce genre de détails, menaça-t-elle.

— Penses-tu que je ne trouverai pas un autre moyen de t'énerver ?

— Tu ne devrais pas être rentré chez toi à cette heure-ci ? « Maman » et « papa » t'attendent, je crois.

— Ils visitent Sancerre et j'attends le rapport du légiste. Et toi ? Personne ne t'attend ? Richard m'a dit que Sabine t'aidait pour les travaux dans l'ancienne maison Hermoza. Quand aurai-je droit à une visite ?

— J'ai décidé d'éviter toute onde négative dans mon nouveau chez moi.

Il sourit avant de reprendre un air plus sérieux et étala le dossier Tholet sur son bureau avec ses divers témoignages et emplois du temps.

— Récapitulons. Fabien Tholet, soi-disant ancien coureur de jupons, abonné aux soirées bien arrosées avec son meilleur ami, a une liaison avec Anne Trépan, secrétaire de la même entreprise où il travaille avec son collègue et meilleur ami, Laurent Ruffat. Cette même secrétaire pour qui il a quitté sa femme avant de revenir. Nous avons le témoignage du meilleur ami affirmant que cette histoire était bel et bien terminée depuis deux ou trois mois, mais également plusieurs messages vérifiés par Julien qui prouvent que ce n'était pas le cas. Sauf que… après vérification, l'alibi d'Anne Trépan est solide. Celui de son ancien conjoint également qui, au passage, à une carrure qui ne correspond pas aux descriptions chaotiques de nos trois témoins imbibés. Nous avons même des photos de la soirée où se trouvait le couple Trépan sur la page Facebook du comité qui organisait la soirée. Que demande le peuple ? Une autre piste, bien évidemment. Nous avons donc Virginie Tholet, la femme bafouée très conciliante, persuadée que la petite entaille au contrat de mariage n'était qu'une petite entaille et fait partie du passé, d'après ce qu'elle dit. Son emploi du temps est plus litigieux. Elle se trouvait seule avec ses deux enfants en bas âge qui dormaient. Vu la proximité entre la maison Tholet et l'esplanade, un aller-retour restait possible. Mais elle a passé une bonne partie de la soirée avec Karen Ruffat qui affirme que Virginie partait se coucher lorsqu'elle-même a rejoint son domicile où l'attendait également sa propre fille, Romy. Les horaires sont serrés. On a le meilleur pote qui batifolait déjà dans les draps de la cabane de pêche à l'heure de l'accident d'après sa copine d'un soir qui elle, était étrangement sobre. Bien la seule dans cette histoire, on peut le noter. On a également la possibilité d'une tierce personne inconnue au bataillon. Les récits à mi-mots des collègues de travail suggèrent qu'il n'était pas à une ou deux aventures près. Le souci est que personne ne l'a vu accompagné le soir de la chute. Pas de vidéos. Pas de messages dans son propre portable et des codes empêchent l'accès à sa boîte e-mail et à ses différents réseaux sociaux. Julien est dessus. Un petit indice sur le rapport du légiste nous aiderait fortement.

— Désolée de te décevoir, annonça Gabrielle en tournant son écran d'ordinateur vers Garnier. Rapport arrivé. Pas de trace de relation sexuelle le soir en question. Aucune ecchymose significative en dehors de celles provoquées par la dégringolade. Pas de cheveux sur les fringues. Pas d'ADN. Que dalle. Finalement, est-on même certains qu'il y ait eu la fameuse dispute entendue par nos trois joyeuses fêtardes ?!

— Tu es pessimiste.

— Réécoute ton propre résumé et tu verras qu'on a tout et n'importe quoi, mais surtout rien d'utilisable.

— Comment va Anne Trépan ?

— Mieux. Elle est suivie médicalement depuis des années. Plusieurs dépressions, une santé fragile… elle a fait un mauvais mélange avec les antidépresseurs. C'est étrange. Je n'arrive pas trop à cerner Tholet. Les messages dans le portable d'Anne sont tantôt mielleux, tantôt culpabilisants. Il jouait le chaud et le froid avec une personne que tout le monde savait psychologiquement fragile. Quel intérêt ?

— Jouer justement. Reste à savoir contre qui il a perdu.

3

Domicile de Sébastien Garnier

Planté au milieu du salon, Garnier s'étonnait de la décoration fraîchement installée. Ses parents avaient pris l'initiative de vider les cartons et agencer l'endroit. Malgré deux ou trois choses qu'il bougerait rapidement, il s'était réjoui du geste. Il voyait là une façon supplémentaire d'accepter son installation dans cette région qu'ils avaient pourtant si décriée. Dès le premier jour, ils s'étaient émerveillés du jardin. En plein centre de Paris, Erine Garnier devait se contenter des pots de terre remplissant son balcon. Elle aimait les fleurs, avait la main verte, mais trop peu d'espace pour assouvir pleinement cette passion parue à la retraite. Des gants aux mains et une petite pioche achetée au supermarché de Sancerre, elle avait déjà creusé moult trous dans le terrain et planté ce qu'elle souhaitait bien récolter en revenant voir son fils régulièrement. Etienne Garnier, lui, s'acclimatait plus difficilement. Habitué des sorties avec leurs amis de la capitale, il attendait les visites avec l'impatience d'un enfant, incapable de profiter d'un semblant de tranquillité.

— Journée fatigante ? demanda-t-il.

Sébastien se tourna vers son père, baignant dans un peignoir trop grand. La chimiothérapie avait délesté le patriarche d'une dizaine de kilos. Le changement brutal marquait davantage le visage de l'homme désormais hors de danger.

— Une affaire qui vire au vaudeville, expliqua Garnier. Un homme, sa femme, plusieurs maîtresses... Beaucoup de possibilités.

Étienne vint s'asseoir dans le sofa et tapota la place près de lui, invitant son fils à le rejoindre.

— Merci pour le rangement, dit ce dernier avant d'obéir. Comment s'est passée la promenade dans la région ?

— Très bien. C'est reposant. Très calme.

— C'est une bonne chose, non ?

Étienne sourit.

— Je comprends pourquoi tu as eu un coup de cœur.

— Nous visiterons le Sancerrois ensemble ce week-end, promit Garnier.

— Avec Gabrielle ?

Sébastien grimaça.

— Les retrouvailles n'ont pas été celles espérées ?

— Je suis parti un petit moment et c'est une personne assez sauvage.

— Nous pourrions manger tous ensemble un soir.

Ils restèrent silencieux un instant. C'est une habitude qu'ils avaient, se comprenant mieux dans certains silences que dans un tas de mots inutiles.

— Les relations ne sont jamais simples, hein ? conclut Étienne.

— Disons que ceux qui cherchent des relations simples ont souvent la poisse tandis que d'autres comme notre victime, par exemple, ont tout pour bien faire, mais prennent un malin plaisir à tout compliquer.

— Un garçon apprécié apparemment.

Étienne tendit le journal local. Un portrait énorme de Tholet trônait en page centrale, entouré d'un texte flatteur et d'une biographie bien chargée sur le plan social. Tholet était partout, de toutes les fêtes, de tous les évènements et inaugurations. Il avait le travail idéal pour se déplacer et nouer mille et un contacts. L'article était un concert de louanges et témoignages gratifiants de divers collaborateurs.

— Les informations vont vite ici, s'étonna Étienne, provoquant le sourire de Sébastien.

— Tu n'as pas idée.

Il jeta un œil à son portable et régla l'alarme pour l'heure de l'enterrement de Tholet, puis envoya un mot de rappel à Gabrielle.

« Que ferais-je sans vous, agent Garnier ? », lui répondit-elle.

Le smiley moqueur n'était pas indispensable. Garnier avait compris. Il inspira, hésita puis observa son père rejoindre sa mère dans leur chambre avant de balayer l'écran de veille de son portable.

« Tu n'auras plus à te poser la question », envoya-t-il sans préciser la teneur humoristique ou romantique du message.

Il attendit un long moment une réponse qui ne vint pas. Le sommeil le gagna, le laissant sur le canapé, encore habillé.

***

Église de Sancerre, le lendemain matin

La famille, les amis et les connaissances s'entassaient dans la rue étroite qui menait à l'église. Gab observait non loin de là, rejoint par Garnier.

— Je ne sais pas quel genre d'informations a circulé en dehors du cercle familial, mais, une chose est sûre, il y a eu discussion entre les Tholet et les Ruffat. Laurent Ruffat est à l'écart de sa propre femme et de Virginie Tholet. On sent le malaise à dix kilomètres. La veuve même est perdue entre le chagrin et le dégoût. C'est assez particulier. Les deux ex-femmes sont là avec les enfants, les collègues n'osent pas regarder la famille. Les amis ne se calculent plus. Jamais je n'ai vu un climat aussi tendu. Ce silence est flippant.

— Rien de tel qu'un enterrement pour réunir des gens qui ne se voient absolument pas le reste du temps et constater à quel point c'est mieux ainsi, ironisa Gabrielle.

Un homme de haute stature, les cheveux bruns et le visage avenant, s'approcha du couple d'agents. Garnier se figea sur le visage qui ne lui était pas inconnu. La liste de ses collègues défila dans son esprit, en vain. Il se vantait pourtant d'être physionomiste. Gabrielle se racla la gorge, quelque peu gênée lorsque l'intrus stoppa à sa hauteur et lui caressa l'épaule d'un geste qui se voulait familier.

— Agent Garnier. De retour en ville ? s'étonna l'inconnu qui, de toute évidence, se trouvait mieux avisé que lui.

— Pardonnez-moi, mais… je ne remets pas votre visage, avoua Sébastien.

— David Grandjean. Nous nous sommes croisés lors de l'enquête sur le décès d'Amaury Brassard. Vous avez interrogé mes parents et résolu la mort du mon grand-père biologique. Nous étions à l'hôpital le jour du décès de Manuel Hermoza.

La photo du prêtre retrouvé assassiné dans les tunnels du château de Couet revint à l'esprit de Garnier. La ressemblance entre les enfants Grandjean et l'ecclésiastique avaient permis de comprendre le drame familial déroulé à la fin de la guerre. Mais plus que cette impression étrange de voir un fantôme, le bras de celui-ci entourant les épaules de Gabrielle provoqua une sensation mordante d'incompréhension et de jalousie.

— C'est un plaisir de vous revoir, enchaîna David. Même si d'autres circonstances auraient été préférables.

— Vous connaissiez Fabien Tholet ?

— Nous nous sommes croisés à plusieurs reprises. J'interviens régulièrement chez eux pour l'informatique. Il semblait sympathique.

— Il semblait, marmonna Garnier.

— Tout le monde se connaît ici, vous savez.

— Ah oui, je sais.

Gabrielle resta silencieuse durant l'échange, s'échappant de son propre malaise pour observer le ballet tout aussi malsain de l'entourage de Tholet. Des murmures éveillèrent la foule et une agitation inhabituelle s'empara d'un premier groupe. Un livret de messe s'arracha des mains d'une première personne outrée. La dissimulation du papier qui se voulait discrète énerva rapidement la veuve, piquée de curiosité. Karen Ruffat s'interposa et déchira la chose.

— Qu'est-ce que c'était ? interrogea Virginie Tholet de plus en plus anxieuse. Karen ?

— Une mauvaise blague. Ne t'occupe pas de ça.

— Karen…

Un deuxième groupe de personnes arriva, muni du même livret et Karen tenta de retenir son amie. Entre deux feuillets de prière, plusieurs pages agrafées révélaient des noms de femmes avec leurs numéros de téléphone et une série de notes graveleuses sur leurs compétences sexuelles. La respiration de Virginie Tholet devint pénible. Ses ongles s'enfonçaient dans le grain des photocopies. L'écriture était celle de Fabien. Nul besoin de son nom au bas de la page pour qu'elle la reconnaisse. Une femme présente s'extirpa du cortège avec son exemplaire, puis une deuxième. Virginie releva le visage, reconnaissant certaines personnes citées, croisées à des repas d'entreprises, et perçut l'expression désolée mais sans surprise de ceux en qui elle avait confiance. Elle recula d'un pas. Son visage se déforma de colère. Elle ferma les yeux deux secondes avant de les rouvrir sur le visage de Laurent Ruffat, le meilleur ami, l'acolyte de toujours, forcément au courant et forcément complice.

— Espèce de…

Les parents de Virginie tentèrent de s'interposer alors qu'elle frappait le premier bouc émissaire venu. La foule se dispersa rapidement lorsque l'altercation se propagea tel un venin aux couples voisins. Gab et Garnier intervinrent, concluant la cérémonie d'une façon peu ordinaire.

***

Poste de gendarmerie de Sancerre

Julien, le « bleu », ne quittait plus la liste de femmes de ses yeux hagards. Richard regardait, tout aussi perturbé, au-dessus de son épaule. Ils ignoraient ce qui les impressionnait le plus. Un soin particulier était apporté à la simple mise en page, rappelant les cahiers de leçons d'un lycéen. Une couleur différente était attribuée à chaque catégorie de note. La série de symboles et de chiffres du haut de page les interpellait. Nul doute qu'il s'agissait d'une notation dont la signification n'était pas claire.

— C'est à la fois complètement tordu et rageant, marmonna Richard.

— Tordu et rageant ? répéta Julien.

— Ce type a eu plus de rancards en dix ans que moi en presque cinquante ans.

— Je ne suis pas persuadé qu'on puisse appeler ça des rancards, corrigea le jeune agent.

— Je n'en suis pas persuadée non plus, renchérit Gabrielle en rejoignant ses collègues. Tu envies sérieusement ce genre de choses ? On ne parle pas d'un petit séducteur gentillet. Tu as lu les descriptions. Que se passe-t-il dans la tête d'un homme de quarante ans pour qu'il ressente le besoin de répertorier et noter ce genre de choses ? Il a collé des petites étoiles en guise de niveau de je ne sais pas quoi, comme une gamine de dix ans ferait dans un petit journal intime.

— Tu sais, à ma jeune époque, j'aimais noter mes résultats de matchs au club de mon village et mes impressions.

Julien grimaça de la comparaison qu'il savait étrange et Gabrielle dévisagea Richard avec désespoir.

— Quoi ? C'était de l'humour, se défendit-il.

— Attends, coupa Gabrielle. Tu as beaucoup plus de noms que ce qu'il y avait sur le papier !

Richard et Julien échangèrent des regards surpris et accusateurs.

— Je pensais que tu l'avais prévenue, se défendit Julien en direction de son collègue excédé.

Ce dernier attrapa un petit sachet sur le bureau. Une clé USB étiquetée gisait dans le fond du plastique destiné au laboratoire.

— Déposée dans la boîte aux lettres ce matin, se contenta d'annoncer Richard. On retrouve les pages que vous avez trouvées à l'enterrement plus un paquet d'autres. Le pire est que nous ignorons si tout est réellement là.

— On ne voit rien à la caméra de l'entrée ?! s'insurgea-t-elle.

— Silhouette androgyne. Survêtement basique. Capuche enfoncée sur la tête, énuméra Richard pour décrire le « facteur » improvisé.

— Combien de noms en tout ?! s'inquiéta-t-elle.

— Beaucoup trop, répondit rapidement Richard.

Gab leva les yeux au ciel avant d'apercevoir Karen Ruffat dans l'entrée. Le calme de l'amie de la famille contrastait avec la furie de la veuve de Tholet. Le regard dans le vide, apprêtée de noir, les mains parallèles sur sa sacoche brillante entrouverte sur son exemplaire de la liste, elle patientait dans le hall, sachant son époux interrogé une nouvelle fois. Par trois fois, elle avait refusé café et autres boissons. Que pouvait-il bien se passer dans sa tête ? Gab s'approcha et désigna le papier coupable de trop de révélations.

— Comment va Virginie Tholet ? demanda Gab en guise d'approche.

— Comme quelqu'un qui, en une semaine, a perdu son mari et découvert qu'il se tapait tout son entourage dans son dos.

— Vous aviez l'air moins surprise, releva l'agent.

Karen entrouvrit la bouche, laissant échapper un souffle à la fois embêté et résigné.

— Mon propre époux m'a appris où il se trouvait le soir de la mort de Fabien. Je trouvais Virginie naïve. Je suppose que la vie m'a donné une leçon : ne pas juger trop vite l'aveuglement des gens lorsqu'ils sont concernés.

— Vous semblez assez compréhensive si je peux me permettre.

— Je ne suis plus une enfant, agent Lorcat. J'ai quarante ans passés et mon couple a près de vingt ans. Nous avons deux filles, une vie entière de souvenirs et… Je crois que la magie s'envole au bout d'un moment et se trouve remplacée par une certaine maturité et du réalisme. Étrangement, je suis bien plus en colère par le fait qu'il ait pu couvrir autant de fois Fabien que par ce qu'il a fait lui-même. Je ne comprends pas moi-même. Je crois surtout penser à mes enfants. Lorsque tout ce foutoir sera passé, nous y verrons plus clair, je suppose. En attendant, je suis chez Virginie avec ma fille aînée. La plus jeune est chez ses grands-parents et aucune des deux n'a à connaître les détails pour le moment.

— Vous connaissiez Fabien depuis près de vingt ans, c'est bien ça ? demanda Gab.

— Oui, se désola-t-elle. Je vais dire quelque chose qui va vous sembler étrange, mais… il était un excellent ami. Il était toujours présent et compréhensif. Toujours prêt à rendre service. Tout le monde savait plus ou moins qu'il était dispersé sur le côté sentimental, mais nous ne nous attardions pas dessus. On prenait ça pour un petit défaut qui faisait sourire.

Elle secoua la tête.

— Personne ne pouvait imaginer ça, s'excusa-t-elle.

— Et Virginie ne s'est jamais doutée de rien ? Vous n'en avez jamais parlé ?

— Elle était très, très, très amoureuse et dépendante affectivement. Elle croyait tout ce qu'il disait. Il faut dire qu'il avait un certain talent lorsqu'il s'agissait d'enrober les choses. C'était un bon commercial.

Julien interpella Gabrielle, mettant fin à la conversation. Plus loin dans la salle d'interrogatoire, Laurent Ruffat maugréait devant le livret de messe.

— On va reprendre les choses depuis le début, monsieur Ruffat, expliqua Garnier. Il a fallu trois calmants à Virginie Tholet. Votre propre femme est peu satisfaite de la tournure des évènements.

— Je n'ai jamais caché que Fabien était un peu volage, rétorqua Ruffat.

— Un « peu », appuya Garnier. Votre ami tenait un carnet où il répertoriait ses conquêtes avec des informations très personnelles. Nous avons vingt-deux personnes concernées à l'heure actuelle et à peu près autant dans une clé USB livrée ce matin. Quarante personnes susceptibles d'avoir quelques griefs envers Fabien, surtout si celui-ci s'amusait à partager ce genre d'informations. Nos collègues épluchent les noms. Nous avons des couples mariés dedans. Réalisez-vous ce que cela veut dire pour notre enquête ? Réalisez-vous la perte de temps phénoménale et le nombre de personnes que nous allons devoir interroger ?

— Il n'a jamais baladé ce carnet ailleurs que...

— Que quoi ? Vous connaissiez l'existence de cette liste ?

— Vous devez me promettre que rien ne sortira d'ici, supplia Ruffat.

— C'est un peu tard, non ? Votre femme l'a eu elle-même entre les mains. Je peine à croire qu'elle soit passée à côté de ce genre de détails.

Garnier désigna du doigt l'une des pages où se trouvait le prénom de Laurent Ruffat, qui trahissait sa présence à certaines soirées.

— Nous avions des connaissances communes. On travaillait au même endroit.

— Des « connaissances », répéta Garnier.

Il désigna des étoiles dessinées de couleurs différentes et accompagnées de nombres allant de un à dix.

— Je ne sais pas ce que ces trucs signifient, se justifia aussitôt Ruffat. Encore une fois, jamais Fabien n'a manqué de respect à personne et il ne se mettait jamais non plus en danger.

— Il est mort, rappela Garnier. Et question « respect », il y a des descriptions qu'un magazine pour adulte n'aurait pas osé.

— Eh ! s'exclama Ruffat. Il n'a violé personne. Toutes ces personnes étaient adultes et consentantes. Il était sympa et il n'y a jamais eu de problème ou de retours négatifs au point que ça dégénère comme ça.

— De retours négatifs ?! On ne parle pas d'un guide « Michelin », monsieur Ruffat ! Une personne autre que vous avait connaissance de cette liste. Cette personne l'a photocopiée et glissée dans chaque livret de messe d'un enterrement. Probablement la même qui a déposé la clé ce matin. Je pense qu'on peut en conclure qu'elle en avait gros sur le cœur. Où se trouve l'original du carnet ?

— La seule fois où il me l'a montré, il l'avait sur lui. Je ne sais pas où il le range le reste du temps.

— La cabane ?

— Il n'y a rien à la cabane. Un pieu. Des draps. Une table et des chaises. Point.

Au travers de la vitre, Gabrielle interpella Garnier. Ce dernier laissa Ruffat, dépité, devant sa dernière déclaration.

— Un problème ?

— Un gros, annonça Julien. Des pages du calepin sont désormais sur les réseaux sociaux.

Richard, Gab et Garnier se dévisagèrent de concert. Le papier se contrôlait ; le numérique, non. Plusieurs de leurs propres agents faisaient régulièrement de la prévention dans les établissements scolaires pour limiter les dégâts causés par les images compromettantes échappées d'échanges privés ou non, le harcèlement et l'impossibilité de reprendre la main sur tout ce qui s'envolait sur la toile. Un petit texte reprenait les propos du journal local sur Tholet en les raillant. « Voyons le vrai visage de l'homme parfait. »

— Tu peux bloquer ça ? souffla Richard.

Julien lança un regard désespéré.

— Bon sang, il y a déjà une vingtaine de partages et ce truc n'est balancé que depuis une heure.

Gab et Garnier encerclèrent Julien.

— Il y a plusieurs pages. Plusieurs noms. Ils sont cinglés. Les noms de famille, les numéros, expliqua-t-il.

— Retrouve l'adresse de départ, ordonna Gab. Passe par le réseau pour signaler la publication. Elle est sous le coup de la loi. Ils n'auront pas d'autres choix.

— Le temps de faire ça, un paquet de monde aura déjà vu le post, rappela Julien en écrasant les touches de son ordinateur.

— Fais au plus vite. Il nous faut le ou la responsable. Cette personne a forcément le carnet. Il faut retourner chez Tholet. Il ne peut venir que de là-bas. Fouillez le domicile, la cabane…

— Les gars, interpella Julien. Les noms ne sont pas les mêmes.

— Les mêmes que quoi ?! s'étouffa Richard.

— Ce sont d'autres pages qui ont été publiées. Il y a d'autres noms. Au moins une dizaine.

Il tournait les pages des photocopies sur son bureau. Aucune correspondance.

— Une dizaine sur les réseaux, une vingtaine dans ce torchon, une vingtaine sur la clé, énuméra Gab. Où est donc l'affaire que tu m'as promise, Garnier ? Celle avec un pauvre type désolé qui se dénonce dès le lendemain ?

La question n'attendait pas de réponse.

***

Cabane de pêche de Fabien Tholet

Garnier souleva le matelas, peu convaincu. Il s'était persuadé que rien d'intéressant ne se trouvait ici. L'endroit était minimaliste : pas d'électricité, pas d'eau, deux simples meubles et trois cannes à pêche déposées depuis peu d'après l'absence de poussière dessus. Il y avait une certaine logique dans ce qu'il voyait. Cette cabane n'était qu'une couverture. Mais, connue des femmes de Ruffat et Tholet, tout se devait d'être propre et prêt en cas de visite imprévue. Gabrielle repoussa les draps du bout de ses doigts gantés de latex. Garnier s'étonna du silence persistant de celle qu'il savait pourtant dotée d'une imagination fertile et de tiroirs entiers d'hypothèses dans sa tête.

— Tu es blasée à ce point, testa-t-il. Ou calcules-tu encore le nombre de femmes avec lesquelles Tholet est sorti ?

— « Sorti. » Voilà un mot bien élégant pour le type de relation que notre mari si sympathique devait entretenir avec ses conquêtes. Mais, pour répondre à ta question, il y a cinquante-deux semaines sur une année ; les dates du carnet s'étalent sur une période de dix ans et nous avons cinquante-trois prénoms. Ça doit faire quelque chose comme une nouvelle aventure tous les dix mois. Je suppose que ça aurait pu être pire.

— J'aime ta façon positive de voir les choses aujourd'hui, s'amusa-t-il.

Sans répondre, elle ouvrit l'un des rares meubles de l'endroit. Des draps de rechange s'empilaient minutieusement. Au pas suivant, les pieds de Gabrielle repoussèrent une pièce de deux euros sur le sol. Le jour de l'intervention des deux agents, Ruffat s'était étalé sur le parquet en s'empêtrant dans son pantalon. La monnaie venait probablement de l'une de ses poches. Elle se pencha pour ramasser la chose et constata que deux autres pièces ainsi qu'une sorte de pilule traînaient sous le lit. Elle se redressa et renvoya une expression perplexe.

— Pilule pour la toux ? Pour l'acné ? Pour les démangeaisons en cas de maladies vénériennes ? joua Garnier.

Elle sourit et tendit la main au plus près de son coéquipier.

— Tu ne sais pas de quoi il s'agit ?! C'est plutôt bon signe pour ta santé… dirons-nous. C'est une pilule de viagra. Disponible uniquement sur ordonnance. Cette affaire devient de plus en plus désespérante. On ne saura jamais qui a balancé Tholet de ce balcon. Beaucoup trop de casseroles dans cette histoire. Une seule victime, des témoins bourrés, une cinquantaine de femmes potentiellement rancunières, autant de maris ou petits amis potentiellement au courant et en colère. S'il s'agit d'une vengeance, il s'agira de retrouver une aiguille dans une botte de foin à la taille disproportionnée. S'il s'agit d'un accident, je n'en parle même pas.

— La positivité s'est envolée, constata Garnier. On a déjà résolu une enquête avec moins que ça, tu te rappelles ? Affaire Brassard. Nous sommes partis de témoignages datés et erronés et avons continué l'enquête avec le témoignage d'un vieil homme atteint d'Alzheimer. Mon avis t'intéresse ? Je ne crois absolument pas au simple accident. Il y a eu dispute. Les témoins enivrés ne sont pas foutus de s'accorder sur quoi que ce soit en dehors de ça. C'était suffisamment violent pour les marquer. D'après les témoignages, Tholet est parti seul de ce bar. Il ne s'agissait donc pas d'une rencontre faite à cet endroit. Nous avons l'heure de sa séparation d'avec Ruffat et l'heure de sa mort : à peine une heure d'écart. La personne qu'il a rejointe ne pouvait pas être une inconnue. Tu ne t'engueules pas comme ça avec une personne que tu viens de rencontrer à l'instant. Trop peu de temps s'est écoulé. C'était forcément un rendez-vous.

— Une supposition…

— Tu as basé toute l'enquête Brassard sur une supposition, rappela-t-il.

— OK. S'il y a eu rendez-vous, nous devrions en retrouver la trace quelque part : un message, un e-mail, un appel… ou bien tout simplement sa femme. Leur maison n'est pas loin. Les gosses dormaient. Tu as vu sa réaction à l'enterrement. Elle sait être violente. Elle avait à peu près cinquante raisons de lui coller une bonne baffe dans la figure. Elle n'est peut-être pas aussi naïve.

— Alors il faut le prouver, conclut-il.

4

Gendarmerie de Sancerre

Virginie Tholet enchaînait les gestes nerveux. À ses côtés, son avocat contrastait par sa sérénité. Il posa sa main sur le bras de sa cliente pour l'apaiser, en vain. Garnier devinait l'explosion imminente qui étayerait ses doutes. Il souhaitait le craquage et les aveux.

— Je ne sais pas ce que vous attendez de moi. Je vous ai tout dit. J'étais à la maison avec mes enfants. J'ai passé la soirée avec Karen Ruffat…

— Elle est partie et vous aviez le temps, l'opportunité et les raisons suffisantes pour rejoindre votre époux sur cette esplanade.

— Je dormais ! Je dormais et lui, il était censé être à la cabane avec Laurent.

— Mais il n'était pas à la cabane. Il n'a jamais été à la cabane, madame Tholet. Toutes ces fois où ses nuits devaient se terminer là-bas, il mentait. Nous avons cinquante-trois prénoms et noms. Des femmes avec qui il a eu des relations sexuelles sur les dix dernières années. Rappelez-moi la date de votre mariage ? Huit ou neuf ans, je crois. Cinquante-trois femmes. Cinquante-trois tromperies. Il avait un passif, deux ex-femmes qui ont été plus lucides que vous a priori. Toutes les personnes que nous avons interrogées savaient. Vous réalisez ? Tous vos collègues, tous vos amis, la moindre de vos connaissances… ils savaient tous. Ils vous serraient la main, vous souriaient et vous, vous pensez sérieusement nous faire croire que vous n'étiez pas au courant !?

— Vous n'avez rien d'autre que des suppositions, agent Garnier ? demanda l'avocat plus assuré que sa cliente. Parce que si c'est le cas, nous perdons tous un temps précieux que vous pourriez consacrer à chercher le véritable coupable.

Ignorant l'avocat, Sébastien balança les photocopies des pages du carnet sous les yeux de Virginie, qui était devenue de plus en plus pâle au fur et à mesure des constats successifs. Il voulait provoquer, la pousser suffisamment à bout pour qu'elle préfère avouer être la coupable plutôt que le dindon de la farce. Elle ferma les yeux et s'agrippa la tête, attaquée par une violente migraine. Les mains tendues vers elle et tous les sourires évoqués défilèrent dans son esprit. Elle se remémora chaque post qu'elle avait publié sur les réseaux sociaux pour se vanter de son bonheur envers et contre tous les ragots. Chaque année, elle affichait fièrement le bouquet de fleurs offert par Fabien pour l'anniversaire de mariage. Elle affichait des cœurs ; elle affichait des photos de sa famille parfaite, persuadée de se moquer de ces ex-femmes qui l'avaient regardée de travers. Elle se gonflait de fierté à chaque nouveau « like » des amis qui les soutenaient.

Dans la liste devant elle sur cette table, dans cette salle d'interrogatoire, des noms étaient familiers. Les mêmes personnes qui avaient « aimé » ses publications savaient. Certaines étaient nommées dans le carnet. Anne Trépan parut faible et dérisoire, presque ridicule, à côté des autres qui ne s'étaient pas autant accrochées. Virginie suffoqua une première fois, secouée par un flot de larmes.

— Il m'avait dit qu'il avait changé pour moi, que j'avais révélé sa vie, sanglota-t-elle.

— J'ai un autre témoignage où je retrouve exactement cette phrase, Virginie. Vous étiez folle de rage. Il vous a fait passer pour une idiote. Vous l'avez confronté ce soir-là. À cause d'Anne Trépan ? Vous avez appris que ce n'était pas terminé ? C'était la fois de trop ? Vous vous êtes disputés et avez eu un geste malheureux. Virginie, si c'était un accident, il vous suffit de le dire. C'est un homicide involontaire.

Elle suffoqua une seconde fois et secoua la tête, à bout, les mots d'abord bloqués au bout de sa langue.

— Anne n'était rien ! C'était une erreur, c'était terminé ! J'étais en colère, mais je ne l'ai pas tué ! finit-elle par cracher. Je dormais à côté de mes enfants, de notre famille.

Elle tenta de se relever et trébucha. L'avocat n'eut pas les réflexes assez rapides pour éviter le choc. Virginie se recroquevilla sur elle-même, se fichant de la douleur de la chute.

***

Domicile de Gabrielle Lorcat, Menetou-Râtel

Le simple dossier peu fourni du début d'enquête s'étalait désormais en une trentaine de feuilles sur le parquet de la salle à manger au milieu des pots de lasures et des pinceaux. Un drap blanc recouvrait le canapé pour le protéger des travaux. Gabrielle se tenait en tailleur à même le sol. À ce moment précis, l'agent n'avait plus que des passages entiers surlignés qui renvoyaient aux heures des divers alibis et témoignages. La concentration lui était plus facile dans son antre, le soir, à la simple lumière d'une lampe de chevet. Les bougies parfumées qu'elle répartissait dans toutes les pièces de la maison brûlaient lentement. Aucun bruit ne parasitait ses pensées. La semaine s'annonçait chargée. La pendule indiquait minuit passé lorsque des pas résonnèrent dans l'entrée.

— Je ne sais pas si c'est de l'inconscience ou une confiance aveugle dans l'espèce humaine, entama Garnier une fois appuyé sur le premier meuble à portée. Tout le monde peut entrer ici sans que cela affole la propriétaire.

Elle se contenta de secouer son portable sous le nez du visiteur. L'appareil renvoyait une vidéo fragmentée des alentours de la demeure pour signaler que son système avait déjà capté et annoncé sa présence.

— C'est fou ce qu'on peut faire avec la technologie moderne, agent Garnier, répondit-elle avec calme. Ce truc signale tout et n'importe quoi. Une simple mouche devant l'une des caméras et on me gratifie d'une notification de mouvement.

— Heureux de voir que tu fais enfin attention à ta sécurité.

— Disons que ma dernière maison a brûlé et que les mois d'échanges avec mon assurance m'ont vaccinée.

— « Je ne perds jamais. Je gagne ou j'apprends », cita Sébastien.

— Nelson Mandela, rajouta Gab. Tu as gagné en culture générale. Je suis très fière de toi.

Il repoussa le drap du canapé pour s'y asseoir. Une veste trop grande pour elle attira son attention. Mimant le dégoût, il la déplaça du bout des doigts. Bien qu'elle ait vu l'expression, elle feignit de l'ignorer.

— Tu passais dans le coin par hasard ? demanda-t-elle.

— Restaurant avec mes parents, ici. J'ai aperçu la lumière en les ramenant. Je me doutais que tu plancherais sur le dossier un bon moment. Tu as donné une belle seconde vie à cette maison. Je me rappelle encore l'état dans lequel elle se trouvait pendant l'affaire Brassard. As-tu gardé le passage secret dans la cave ?

— Je ne dirai rien à ce sujet, chantonna Gab.

Il fronça les sourcils en regardant les divers surlignages sur les feuilles devant eux.

— Les couleurs ont une signification, n'est-ce pas ? s'assura-t-il.

— Rouge pour les horaires. Bleu pour les lieux. Vert pour les liens litigieux...

Elle replaça son exemplaire du carnet de Tholet au pied de Garnier.

— Les étoiles de couleurs différentes avec les chiffres en haut des pages ont aussi leur signification. D'après les premières informations récoltées par Julien, je crois que la première étoile est une note sur les compétences sexuelles de la femme concernée. Bien basique. Pas franchement classe. Mais chaque note va de un à cinq et correspond aux commentaires qu'il a écrits en dessous. Celle-là était assez facile à deviner. La deuxième étoile correspond à la situation sentimentale. Elle va de un à trois. Je n'ai pas encore tous les profils, mais les premiers semblent coller. « Un » pour célibataire, « deux » pour « couple », « trois » pour mariée. Les trois dernières étoiles m'échappent. L'une des conquêtes m'intrigue en revanche. Il a barré la page et gribouillé toutes ses étoiles en rouge.

— Une piste à suivre, s'enthousiasma Garnier.

— Oui et non. Ça date de plus de six ans. Julien a retrouvé l'adresse. Elle n'est plus dans le coin depuis cinq ans. Par contre, je suis curieuse d'avoir le témoignage de quelqu'un qui ne devait pas ou plus être suffisamment aveuglée par le sympathique Fabien. Qu'a donné la nouvelle discussion avec Virginie Tholet ?

— Elle est venue avec un avocat cette fois et est repartie avec du personnel soignant.

Gab releva le visage, perplexe.

— Virginie affirme qu'elle n'était pas au courant. Devant la liste, elle s'est effondrée, choquée. Pour elle, au pire, il n'y avait eu qu'Anne et cette relation était futile et terminée.

— On sait que c'est faux.

— Nous, oui. Mais elle, non. De même que Anne était persuadée d'être la seule et l'unique. Plusieurs dates dans son carnet prouvent qu'il a vu plusieurs autres femmes parallèlement.

— Tu crois vraiment qu'on peut être aveugle à ce point-là ? s'étonna Gabrielle. Je veux dire qu'elles savaient toutes pour la réputation qu'il traînait et elles étaient quand même persuadées que tout s'était arrêté par magie. Elles ont gobé chaque phrase, chaque mot sans sourciller.

— L'amour… répondit Garnier en laissant traîner la dernière syllabe, amusé. Tu n'y crois pas ?

— Ce n'est pas de l'amour à ce stade. C'est une naïveté extraordinaire.

— Ne sois pas si sévère. Tout le monde n'a pas cette capacité de recul sur lui-même ou sur l'autre pour voir ce qui est pourtant évident d'un point de vue extérieur.

— On ne parle pas d'un seul accident dans ce cas précis.

— Il avait le métier idéal pour se déplacer partout sans se justifier. Il avait les activités extérieures parfaites.

— C'est comme Karen Ruffat, renchérit Gab. Elle apprend que le meilleur pote de la famille est mort ; que son mari le couvrait pour aller voir ailleurs de son côté et… et quoi ? Rien. Elle l'attend gentiment à la sortie de son interrogatoire. C'est louche, non ?

Garnier éclata de rire.

— Je suppose que toutes ces histoires ne vont pas te réconcilier avec l'idée d'aimer et d'être en couple, conclut-il entre l'évidence et la défaite.

— Ce n'est effectivement pas ce que j'appellerais « aimer ».

— Pourtant, il semble que tu sois devenue plus ouverte sur le sujet toi-même, nota-t-il en tapant la veste voisine.

— Mais je n'ai jamais pensé que tous les hommes se valaient. Je ne suis pas aussi traumatisée par les expériences de ma mère que tu le penses. Bien heureusement, toute la gent masculine ne se limite pas au genre de Tholet ou Ruffat.

— Monsieur David Grandjean aurait donc accompli un sacré exploit. C'est compréhensible, dit-il sur un ton étrange. Cette merveille de notre camp aurait donc des atouts si extraordinaires.

— Il est réfléchi, mature, stable et robuste, vanta Gabrielle.

— C'est une très bonne description pour un meuble en chêne à vendre sur « le bon coin ».

Gabrielle pouffa et signa de la main que la discussion était inutile, car infantile.

— Ça fait longtemps vous deux ? continua pourtant Garnier.

— Quelques mois.

Elle restait évasive, jouant avec les feuilles de son dossier.

— C'est pour ça que tu te montrais plus distante au téléphone ? Tu pouvais me le dire. Nous étions amis, non ?

Elle afficha une expression étrange et, lorsqu'elle releva les yeux, le visage insouciant et d'ordinaire puéril de Garnier renvoyait une pointe de rancœur.

— Je vois, marmonna Gabrielle. J'ai blessé l'ego de monsieur qui pensait que la princesse resterait gentiment dans sa tour à se languir du retour de son héros chevaleresque.

Elle culpabilisa aussitôt de sa repartie et détourna le regard. Il n'avait jamais souhaité rester sur Paris, se serait bien passé d'un cancer dans la famille et des années de libertés retreintes causées par le COVID. Elle savait sa propre colère idiote et injustifiée. Revenu depuis si peu de temps, il l'avait sans mal renvoyée à ses anciens démons. Perdue dans ses questions existentielles, elle ignorait le visage désormais radouci de Garnier. Il glissa lentement du fauteuil pour se mettre à sa hauteur et détourna son attention sur une annotation du carnet.

— Un site internet connu, dit-il.

Elle acquiesça et chercha l'adresse dans l'historique de son ordinateur.

— J'ai déjà regardé avec Julien. Un site de rencontre payant pour les hommes avec pseudonyme et mot de passe exigé, expliqua-t-elle. Nous avons obtenu son propre ordinateur et l'accès à ses comptes. Nous éplucherons tout ça demain. Il est plus facile de réfléchir lorsque l'esprit est reposé.

Il la dévisagea, forçant l'échange plus profond de regards. Il perçut plus d'agacement que de fatigue.

— Je n'ai jamais rêvé des princesses dans les contes de fées, dit-il avec un large sourire. Je suis bien plus fasciné par les dragons.

Elle retint difficilement son amusement à la comparaison.

— Je suis flattée, rit-elle. Non, vraiment. Le dragon te conseille de rentrer chez toi si tu ne veux pas finir en barbecue !

Il se releva sans insister et elle se laissa retomber dos au parquet, les yeux rivés sur la poutre fraîchement lasurée.

***

Gendarmerie de Sancerre, le lendemain

Le nez collé contre l'écran d'ordinateur, Julien s'énervait sur l'accès au site de rencontre.

— Tu as l'adresse e-mail, calma Gabrielle. Pourquoi ne demandes-tu pas le renvoi de mot de passe pour cause d'oubli ?

— Ils demandent le pseudo en plus de l'adresse e-mail, ronchonna le jeune agent. J'en ai tenté plusieurs et là, je dois attendre une heure pour réessayer puisqu'ils ont bloqué le truc.

Il ferma la page, agacé, et se fixa sur les différents dossiers de l'accueil et les e-mails.

— Des femmes nues autour d'un vieux bonhomme en guise de fond d'écran, marmonna-t-il. Quelle surprise.

Un échange silencieux et amusé eut lieu entre Richard et Gabrielle devant l'impatience du « bleu », tandis qu'ils épluchaient les comptes de Tholet. Une ligne parut étrange à Gabrielle : un décompte d'électricité ponctionné sur le compte personnel de Tholet alors que la seule cabane qu'il possédait en dehors de sa maison ne bénéficiait d'aucun raccordement. Elle tendit la feuille à Julien avant de rejoindre Garnier dans la pièce voisine.

Caroline Elfao, trente-six ans, page vingt et une du carnet de Tholet, regardait le plafond, blasée. Elle ne ressemblait ni à Virginie Tholet ni à Anne Trépan. De longs cheveux bruns retombaient sur les épaules de son tailleur. L'allure était soignée et l'assurance évidente. Les jambes et les bras croisés, aucun autre signe n'indiquait de fermeture à la conversation ou une irritation quelconque à être là. Elle était venue sans protester, presque pressée de parler de ce qu'elle savait.

— Vous n'avez pas l'air surprise d'être ici, constata Garnier.

— La seule chose qui me surprenne, c'est que ce ne soit pas arrivé plus tôt, répondit-elle. Vu notre passif, je comprends que vous me convoquiez, mais je suis bien celle qui s'est le mieux remise de sa mésaventure avec lui.

Elle se mit à rire devant sa propre page de carnet.

— Je travaillais chez Grégoire Valdonne aussi, raconta-t-elle. Ce type se trimballait déjà sa petite réputation de charmeur. Comme beaucoup de mes collègues, au début, je regardais ça avec amusement. Il était gentil. Vous voyez le bon gars toujours prêt à aider et sortir la bonne blague ? Aucun mot plus haut que l'autre. C'est rigolo à petite dose sur le lieu de travail. À la longue, on sent que quelque chose n'est pas très net. J'ai eu le droit au petit discours réchauffé, rit-elle. « La vie est courte. Il faut en profiter. » Le genre d'homme qui jouait l'être torturé et spirituel. J'en rigole aujourd'hui. J'étais un peu plus naïve à l'époque. C'était flatteur. Bêtement flatteur. Il y a eu un petit jeu du chat et de la souris. L'espace d'un moment, j'ai même cru que ça pourrait déboucher sur une relation. Je me gifle encore d'avoir cru ça. Lors d'une soirée, je suis tombée sur sa femme. Il y avait une sorte de secret de polichinelle sur sa vie de couple au travail. Le lendemain, il revient à la charge et me relance avec le discours de celui qui est en difficulté dans son couple, sur le point de partir, qu'il ne couche plus chez lui depuis longtemps. Il me dit qu'il ne sait plus où il en est et qu'il ne pensait pas de nouveau ressentir ce genre de passion à l'égard d'une femme. Je n'étais plus dupe. Je l'ai envoyé sur les roses. Je pensais que ça s'arrêterait là. Mais l'ego de ce type de personnes est hors norme. Il m'a traînée dans la boue sur mon propre lieu de travail, m'a inventé une liaison avec un autre collègue pour justifier le peu d'intérêt que j'avais pour lui. En l'espace d'à peine une semaine, mes très chères collègues féminines me riaient dans le dos, prenant ses ragots pour des vérités. Dans le petit monde de Tholet, il ne pouvait y avoir que deux sortes de groupies : celles déjà dans ce carnet et celles qui ne l'intéressaient pas, mais rêvaient d'en faire partie. Monsieur avait un vrai fan-club prêt à tout. Adieu la sororité. Je suis partie après une soirée de l'entreprise où j'ai vu tout ce beau monde faire de grands sourires hypocrites à sa femme.

— Vous avez démissionné à cause de lui et quitté la région quand même. Vous n'avez pas l'air surprise de ce carnet non plus, releva Gabrielle.

— Je m'en fiche depuis plus de trois ans. J'ai un travail parfait, beaucoup mieux payé. Je suis entourée de personnes adorables et je suis amoureuse d'un homme respectueux. Je ne ressens aucune honte par rapport à cette page que j'ai sous le nez. J'ai flirté avec un homme que je croyais célibataire alors que moi-même je l'étais. Tout s'est arrêté lorsque j'ai compris son manège. Je ne m'excuserai pas de l'avoir insulté à l'époque. Celles qui ont le plus à perdre dans cette histoire sont les autres sur les autres pages. Mais j'ai de la peine pour elles. Une grande partie a dû se faire leurrer et ne mérite pas que leur vie soit étalée de cette façon. Vous allez foutre des couples en l'air et mettre cette ville à feu et à sang à cause d'un tocard.

Julien tapota à la porte de la salle, le temps de passer un mot et une adresse. Si Garnier ignorait la demande, Gabrielle parut satisfaite.

— Madame Elfao, lorsque Tholet vous a dit qu'il ne couchait plus chez lui, a-t-il dit où il allait ?

— Il m'a invitée une fois ou deux dans sa nouvelle maison, mais j'ai refusé. Côté Nièvre. Je ne saurais plus vous dire où exactement. Cela date d'un petit moment.

— Narcy ? aiguilla Gabrielle.

Elfao creusa sa mémoire et haussa les épaules.

— Un truc dans le genre, mais aucune certitude.

Gab et Garnier quittèrent la salle tandis qu'une nouvelle femme prenait la place d'Elfao. Richard prit le relais après avoir désigné ses notes sur son bureau et fait un clin d'œil à ses collègues.

— Ton adresse sort d'où ? interrogea Garnier.

— Sur les comptes personnels de Tholet. Un paiement EDF revenait tous les mois. Il ne pouvait pas s'agir de la cabane. D'après les déclarations de Virginie Tholet, ils n'avaient aucune autre résidence.

La tête de Julien s'enfonçait dans son tapis de souris. Un message d'encouragement servait d'écran de pause à son ordinateur.

— Un autre problème ? demanda Garnier en lançant une pichenette sur le bras de l'agent démotivé.

Il releva le front sur lequel était collé un post-it avec ce qui ressemblait à un mot de passe.

— L'accès au site de rencontre ?

— Non. Ses e-mails qui n'ont absolument rien d'intéressant. Des échanges commerciaux. Sa page Facebook n'est pas plus instructive. Aucune information personnelle. C'est le genre de profil type qui partage des affiches des manifestations de la région et les publicités des entreprises avec qui il échangeait. Une ou deux photos de bateau, des gros poissons et des citations se voulant profondes... On notera qu'il ne stipule nulle part sa situation maritale et que, sur internet, ses enfants n'existent pas.

— N'importe laquelle de ses conquêtes pouvait visiter ses pages sans savoir quoi que ce soit de compromettant, conclut Garnier.

— Pour la personne qui a posté le carnet sur internet, où en sommes-nous ? s'impatienta cette fois Gabrielle.

— Trois cent quarante-quatre personnes possibles, répondit Julien.

Gab et Garnier se figèrent. À chaque indice trouvé, tout éclatait en centaines d'autres pistes.

— La publication vient du réseau d'un lycée de Cosne-sur-Loire.

— Et ?

— Et c'est fermé à cette heure-ci alors j'attends la réouverture pour demander qui a eu accès à l'ordinateur en question dans le créneau horaire de la publication.

— Tu vois quand tu veux, moqua Garnier. Rien n'est désespéré.

Le visage fatigué de l'informaticien se transforma en un rictus diabolique et moqueur.

— On en reparle à la fin de la journée, petit rigolo, dit-il. Tu as sept femmes très en colère qui vous attendent à l'entrée pour les interrogatoires et qui veulent porter plainte au passage pour la publication de leurs noms sur internet. Et ce n'est que le début. La première est aussi une des dernières sur le carnet. Julie, vingt-huit ans, fiancée, esthéticienne, capricorne.

— Le signe astrologique a vraiment une utilité ?

— Aucune, répondit Julien avant d'éclater de rire.

Garnier se saisit du dossier avant d'attraper Gabrielle par le bras.

— Ce gamin passe beaucoup trop de temps enfermé sur internet. Il pète les plombs.

Julie Guerret s'installa sur sa chaise avec une nervosité certaine. Les quinze minutes passées dans la salle d'attente entourée de six autres femmes qui se dévisageaient froidement avaient été irréelles. Sa respiration saccadée résonnait dans la pièce et ses mains tremblaient.

— Je n'ai rien fait ! s'exclama-t-elle avant même que Gab et Garnier se soient présentés eux-mêmes.

Garnier se contenta d'ouvrir son bloc-notes.

— D'après nos informations, vous êtes la dernière à avoir vu Fabien Tholet deux jours avant sa mort. Vous êtes domiciliée à une ville d'ici et nous avons besoin de savoir où vous vous trouviez dans la nuit du vingt-six mai à minuit.

— Je dormais chez moi et j'ai bien conscience que c'est l'alibi le plus nul du monde, mais c'est ce que font la plupart des gens normaux à cette heure lorsqu'ils travaillent le lendemain !

— Vous avez déclaré être fiancée.

— Nous sommes dans une phase compliquée. Il dort chez ses parents depuis un bon moment.

— À cause de Fabien Tholet ?

— Non. Nous étions en froid par rapport à des choses insignifiantes et nous avons eu besoin de faire une pause. Nous étions déjà séparés lorsque j'ai rencontré Fabien.

— L'histoire n'était pas terminée lorsqu'il est mort ?

— Bien sûr que non. J'ai conscience d'avoir fait une erreur, mais je pensais rendre mon fiancé jaloux au début et puis rien ne s'est passé comme prévu avec Fabien. C'était un vrai coup de foudre. Il était gentil et tellement profond. Il avait conscience que la vie était courte et avait cette vision passionnée. Il m'a avoué être tombé amoureux à notre première rencontre. C'était un romantique.

Elle partit en sanglots et Garnier poussa vers elle la boîte de mouchoirs installée plus tôt dans la matinée.

— Votre fiancé ou ex-fiancé était au courant ? demanda Gabrielle.

— Pas encore. Je voulais être honnête avec lui et lui faire comprendre que j'avais quelqu'un d'autre dans ma vie. J'ai vu Fabien pour lui en parler et le prévenir et il m'a dit d'attendre, que c'était trop et qu'il voulait qu'on soit en sécurité. Mon fiancé était un peu virulent et sa femme était une harpie qui refusait le divorce et faisait du chantage au suicide. C'était compliqué et Fabien voulait rester respectueux et protéger ses enfants. Dès le début, il m'a dit qu'ils étaient sa priorité malgré les sentiments qu'il avait pour moi et qu'il ne pensait plus jamais ressentir pour une autre femme. Nous nous connaissions depuis à peine un mois et il avait déjà fait tatouer une petite pendule sur son bras qui symbolisait le temps que nous passions ensemble.

Elle se moucha bruyamment et Gabrielle ne comprenait pas.

— Avez-vous discuté avec les femmes dans la salle d'attente ? finit-elle par demander.

— Non. Elles n'avaient pas l'air très avenantes. Deux ont crié sur votre collègue au bureau pour de la diffamation. Quel rapport avec Fabien ?

Gab et Garnier se dévisagèrent. Julien tambourina à leur porte, paniqué.

— Anne Trépan est sortie de l'hôpital et est perchée sur le toit de l'entreprise Grégoire Valdonne !

5

Entreprise Grégoire Valdonne,

La pluie avait repris de plus belle. Tous les employés s'entassaient dans la cave voisine, collés aux fenêtres, poussés par une curiosité malsaine. Les pieds dans la gouttière, Anne Trépan tanguait de sa silhouette encore plus frêle et fragile qu'avant son entrée en soin. Gendarmes et pompiers encerclaient l'endroit pour atteindre l'accès et sécuriser l'espace. Gabrielle courut dans l'escalier de secours, complètement trempée, manquant de glisser à plusieurs reprises sur les tôles humides. Garnier et Richard tentaient le dialogue en contrebas, en vain. Des feuilles déchirées tombèrent sur eux. Les fameuses photocopies du carnet s'éparpillaient dans les flaques d'eau et collaient aux gravillons blancs voisins.

— Quelqu'un s'est amusé à épingler ce truc sur le tableau de liège dans son bureau, expliqua le responsable du personnel. Je savais que ça allait foutre le bordel de laisser reprendre le travail à Ruffat si vite !

— Vous croyez que c'est lui qui a fait ça ? s'étonna Richard.

— Ce n'était peut-être pas méchant, mais il n'est pas très malin et il y a eu dispute avec Anne hier. Elle l'a traité de porc et l'a accusé d'avoir eu une mauvaise influence sur Fabien.

Gabrielle apparut dans le champ de vision de ses collègues et s'approcha lentement d'Anne.

— Je ne peux pas vivre sans lui. Il était tout, pleura cette dernière. Vous perdez votre temps, agent Lorcat. Vos collègues m'ont déjà servi toutes les belles phrases du manuel du petit psychologue de comptoir !

— Je ne l'ai pas lu, Anne. Je ne sais pas ce qu'il y a dans ce foutu manuel. Par contre, je sais que vous avez une petite fille de six ans qui ne mérite pas de perdre sa mère dans ces circonstances. C'est le souvenir que vous souhaitez lui laisser ? Nous sommes censés lui expliquer qu'elle n'était rien pour sa propre mère ; qu'elle passait après un queutard qui était incapable d'aimer qui que ce soit ?!

— Nous nous aimions ! Ce n'est pas parce que c'était hors de portée de personnes jalouses que c'était faux ! C'était fusionnel. Il était malade lorsqu'il n'avait pas de mes nouvelles. Il était plus fragile qu'il le laissait penser. Il avait besoin de moi. Il avait ses névroses et j'avais les miennes, mais ensemble, c'était parfait. Maintenant, nous ne sommes plus rien.

Elle levait les yeux vers le ciel pour nettoyer son visage de ses larmes.

— Savez-vous ce que signifiait la petite pendule qu'il avait fait tatouer sur son bras, agent Lorcat ? Elle représentait le temps précieux que nous passions ensemble.

Plus bas, Richard secoua la tête, ulcéré, tandis que les secours installaient le matelas de réception.

— Tu me crois ou pas, dit-il tout bas. Les deux femmes que j'ai interrogées ce matin m'ont raconté exactement la même histoire pour le tatouage.

— Julie Guerret aussi, ajouta Garnier. Et je te parie ce que tu veux que les prochains témoignages n'auront rien de différent.

Garnier ne quittait plus Gabrielle des yeux. Elle progressait sur une surface pentue et de plus en plus glissante. Le tonnerre gronda, annoncé la veille comme une conséquence des trois jours de chaleur plombante, courte pause d'un temps automnale en plein mois de juin.

— Anne, je vais vous dire quelque chose de très cliché, mais je vous jure qu'il n'en valait pas la peine et que vous n'aurez aucun mal à trouver mieux que ça. Vous êtes plus forte que ça et, là, tout de suite, ce qui vous paraît insurmontable, ne sera plus qu'une erreur idiote et gênante dans quelques mois.

— Il est mort ! s'indigna Anne.

— Et c'est dramatique, renchérit Gabrielle. Bien assez pour ne pas rajouter d'autres malheurs à ça ! Anne…

Une voiture connue s'engouffra sur le parking et l'ex-mari d'Anne Trépan en sortit avec son enfant. La femme baissa les bras, soudain honteuse de ce que voyait sa fille et s'immobilisa, les yeux fermés. De longues minutes passèrent avant que la secrétaire ne concède un premier pas de recul puis un deuxième avant de rejoindre Gabrielle. Garnier reprit son souffle avant de forcer l'entrée du garage de réception où se trouvait Ruffat et sa femme venue le chercher. Le rituel s'était installé naturellement, résultant d'un manque de confiance évident.

— C'est vous qui avez affiché le carnet sur le tableau de Trépan ?! invectiva l'agent furieux.

— Cette fille est mentalement dérangée, OK !? Je suis désolé pour elle, mais elle m'a sauté dessus hier en m'accusant de raconter des conneries sur Fabien pour me couvrir. Elle m'a carrément accusé de son meurtre. C'était mon ami ! Et elle n'était rien. Il était temps qu'elle comprenne. Fabien n'était pas un saint. Mais je n'ai jamais voulu qu'elle saute. Personne n'y a cru. Savez-vous combien de fois elle lui a fait le coup au cours des derniers mois parce qu'elle refusait de comprendre ? C'est bon ! Toute cette comédie pour une pauvre histoire de cul, c'est débile ! On ne va pas se rendre malade pour ce genre de conneries !

— Ce carnet est une preuve dans une enquête en cours ! cracha Garnier. Il s'agit d'informations privées et diffamantes déjà balancées sur les réseaux sociaux par un abruti qu'on ne tardera pas à choper. L'enquête est déjà assez compliquée à cause des petites habitudes de votre meilleur ami. Nous n'avons pas besoin que tous les imbéciles du coin n'en fassent qu'à leurs têtes.

L'agent s'approchait dangereusement, les nerfs à vif. Karen s'était écartée de la scène, perdue dans ses propres contrariétés. Gabrielle intervint et accrocha la veste de son collègue avant de faire signe à Richard de s'occuper de Ruffat.

— Où est passé ton sang-froid légendaire ? demanda-t-elle sur un ton des plus doux pour apaiser la situation.

Il se retourna brusquement et lança un regard noir avant de s'écarter pour rejoindre la voiture. Anne Trépan quitta l'endroit sur une civière, prise en charge par les secouristes. Les divers véhicules quittèrent les lieux en même temps que les employés congédiés pour le reste de l'après-midi. Garnier, enfoncé dans le siège passager de la voiture, serrait les dents et les poings, contrarié.

— Tu veux rentrer te changer ? tenta Gabrielle.

Un mouvement de tête servit de réponse négative. Elle mit le contact et enregistra une nouvelle adresse dans le GPS.

— Alors direction Narcy. Il semblerait que Tholet possédait une petite maison dont sa femme ignorait l'existence. Elle appartenait à sa grand-mère maternelle et était censée être vendue depuis des années. Mon petit doigt et nos divers témoignages me disent que monsieur s'était aménagé sa petite garçonnière. S'il y a des preuves à trouver, c'est aujourd'hui ou jamais. Les intempéries ont provoqué des inondations dans ce secteur. Croise les doigts pour que l'endroit y ait échappé sinon, trempés pour trempés… Nous n'avons que ça pour l'instant. Julien s'occupe de la liste des personnes qui ont eu accès au réseau du lycée. Richard reprend les interrogatoires et nous tient au courant.

***

Narcy, commune de la Nièvre

L'eau arrivait en dessus des genoux de Gabrielle. Le village se trouvait noyé. Jamais le département n'avait connu tels déversements. Les actualités régionales délivraient les photos des dégâts. Casino, piscine, entreprises voisines s'étalaient à la une comme des îles sorties de nulle part. Les fleuves alentour débordaient. La nature liquide recouvrait les trottoirs, poussant les voitures. Des canots de sauvetage véhiculaient pompiers et riverains. À l'instar des autres habitations, le logement secret de Fabien Tholet subissait le climat. Garnier avait pris le temps d'enfiler des bottes tandis que Gab se déplaçait en jean et baskets. Elle se fichait de tout et il pestait une nouvelle fois de ce manque de précaution. Le salon de la victime manquait de clarté. Les nuages menaçaient toujours. Gabrielle repoussa les volets pour constater l'envahissement de l'espace par les eaux vertes et opaques. Un buffet s'abrasait. Une bibliothèque penchait dangereusement. Des revues diverses flottaient au côté d'une chaise. Gabrielle attrapait le premier magazine à portée de mains. « Chasse et pêche », marmonna-t-elle. Elle poussa la première porte du couloir et découvrit ce qui devait être la chambre. L'endroit se révélait rudimentaire. Elle sentit son pied buter dans un lit. Elle éclaira l'endroit de sa torche et la lumière se refléta aussitôt dans un miroir accroché au plafond. Gabrielle s'en amusa, peu surprise.

— Ça te fait fantasmer ? demanda Garnier.

Elle planta le faisceau lumineux sur lui avec un air moqueur.

— Monsieur ne boude plus et a retrouvé sa langue. Bien entendu, j'ai toujours rêvé de faire ça dans un endroit plein de flotte qui déborde des égouts. Comment as-tu deviné ? C'est vrai que le miroir rattrape le tout.

Le rire de Garnier résonna dans l'espace humide avant qu'il ne stoppe sa propre lumière sur une toile rescapée au plus haut du mur.

— Toile connue ? s'interrogea-t-il tout seul.

— Mythologie grecque, répondit Gab, fascinée.

— Quelle culture, agent Lorcat.

— Passe plus de temps sur les bons sites et moins sur les trucs interdits au moins de dix-huit ans, tu verras.

Elle balaya la fresque des yeux. La peinture au dessin antique montrait un homme barbu à demi nu, une grappe de raison au-dessus de sa bouche, des femmes moins habillées que lui autour de son corps, le tout reposant sur une banquette de marbre et de vignes.

— J'ai déjà vu ça. Je crois que c'est le fond d'écran de l'ordinateur de Tholet. J'en suis même certaine. Je pensais que c'était une suggestion de son moteur de recherche. Je me suis plantée.

— Il aimait ce tableau a priori.

— Dionysos, marmonna-t-elle. Pourquoi n'ai-je pas compris plus tôt !? Le dieu du vin, de la fête et des excès.

— Alcool et débauche, c'est cohérent avec son propriétaire, releva-t-il.

— C'est tellement cohérent, répéta-t-elle en collant son portable à son oreille après avoir composé le numéro du poste. Julien ? Pour le pseudo demandé par le site de rencontre, tente Dionysos et rappelle-moi.

— Bonne suggestion, félicita Garnier en farfouillant les étagères du couloir.

Durant un moment, seul le bruit de l'eau qui remuait au déplacement de Gabrielle se faisait entendre. Alors qu'elle prenait des photos, son téléphone résonna.

— Tu es ma reine, déclara Julien.

— Dis-moi tout.

— Tholet a un panier de rencontres bien rempli. J'ai accès aux informations qu'il a données, aux demoiselles qu'il a contactées et à l'historique des conversations.

— Cherche celle qui aurait pu lui donner rendez-vous le soir de sa mort et les noms qui collent aux pages de carnet que nous avons. Il nous faut un vrai listing avec des dates, des lieux…

— Bien, chef.

— Gabrielle, interpella Garnier.

Elle rejoignit son collègue engouffré quelques marches plus bas dans ce qu'elle pensait être une simple pièce voisine. Garnier déambulait dans une cave, l'eau à hauteur de sa taille, entouré d'étagères de grands crus.

— Il collectionnait déjà les bouteilles de vin chez lui. Rien de bien nouveau, dit-elle, ennuyée.

— Il les triait par ordre de dates, s'amusa Garnier.

— Comme chez lui, répondit-elle. Eh bien nous rajouterons « maniaque de l'organisation » à toutes ses autres qualités.

— Ce n'est pas ça que je voulais te montrer.

Il tendit ce qui ressemblait à un chiffon dans l'obscurité. Elle bloqua sur l'expression de Garnier avant de se focaliser sur ce qu'il tenait : un carnet complètement trempé, à l'encre dégoulinante et aux feuilles dispersées autour d'eux.

— C'est notre carnet ? demanda-t-elle avec le sentiment d'avoir enfin du concret, même en mauvais état.

— J'ai bien peur que non, trancha rapidement Sébastien en exhibant ce qu'il restait de la couverture. Les dates sont antérieures à celles que nous avons déjà. La couverture est bleue.

— Ah non ! s'exclama Gab.

— Ce carnet recouvre les années deux mille à deux mille dix. Les pages que nous avons au poste vont de deux mille dix à aujourd'hui.

— Ah non, non, non, répéta-t-elle en reculant.

Elle s'accrocha dans un meuble submergé et disparut de la surface. Garnier eut juste le temps de poser le tas de feuilles sur l'étagère voisine et de plonger les bras pour remonter sa collègue. De nouveau la tête hors de l'eau, elle se retrouva coincée entre les bras de Sébastien, à dix centimètres de son visage. Il semblait indécis entre la moquerie et le mécontentement.

— Tu as décidé d'être ronchon aujourd'hui ? demanda-t-elle. Tes collègues de Paris supportaient-ils mieux tes humeurs ?

— Mes collègues de Paris respectaient les règles de sécurité, étaient beaucoup moins impulsifs et têtus. Aucun ne s'amusait à escalader les toits sans attaches et, d'une manière générale, ils regardaient où ils mettaient les pieds.

— Heureusement que tu me gratifies de ta présence et de ton expérience pour pallier mon incompétence et mon irresponsabilité.

— David Grandjean a conscience de ça, j'espère ?

— Il ne se mêle pas de mon travail et je ne me mêle pas du sien. Nous avons chacun notre vie et notre indépendance.

— Voilà un « meuble en chêne » bien conciliant.

— Serait-ce de la jalousie mal placée ? moqua-t-elle.

— Je ne suis pas jaloux d'un « palliatif ». Cet homme est très gentil et « confortable ». Tu n'es avec lui que parce qu'il ne risque pas de te briser le cœur.

— Te voilà psychologue spécialiste des relations de couple alors que tu ne sais pas ce que c'est, rappela-t-elle.

— Je n'ai pas besoin de leçons de psychologie. Les battements de ton cœur résonnent dans mon torse en ce moment même et ça fait presque cinq minutes que tu avais la possibilité de t'en écarter.

Elle laissa échapper un rire contrarié et relâcha les mains accrochées aux épaules de l'insolent. La pression relâchée sur son torse, elle put récupérer son souffle et regagner une tranquillité qui lui avait échappé une poignée de minutes plus tôt. Une seule torche éclairait faiblement la pièce et trahissait les regards aussi fiévreux que rancuniers.

— Récupère le carnet numéro deux, ordonna-t-elle pour changer de conversation. On rentre à la maison. Il n'y a rien d'autre ici pour le moment. Tout est sous l'eau.

Elle quitta la cave étouffante et passa devant le restant de bibliothèque. Au milieu des revues ordinaires, un livre de citations détonnait. Intriguée, elle le feuilleta avant de sourire, peu surprise. Elle passa sa lampe sur plusieurs lignes sous les yeux de Garnier.

— Tholet avait un seul livre digne de ce nom. Il a surligné plusieurs phrases : de jolies citations sur le côté éphémère de la vie. Exactement les mêmes qu'il sortait à toutes ses conquêtes. Pourquoi improviser lorsqu'on peut se contenter d'impressionner avec des phrases toutes faites ?

***

Poste de gendarmerie de Sancerre

Richard et Julien se tenaient debout, devant le bureau de Gabrielle, les expressions déconfites. Elle agitait un sèche-cheveux sur le carnet bleu depuis quinze bonnes minutes. Garnier tournait les pages des interrogatoires de l'après-midi en jetant des coups d'œil furtifs à sa collègue au visage neutre. Elle n'avait pas ouvert la bouche sur le trajet de retour et évité tout échange visuel.

— D'où vient le sèche-cheveux ? demanda Julien.

— C'est celui de Richard pour sa moustache, répondit Gabrielle.

Le « bleu » pouffa dans sa main tandis que l'objet de la moquerie relevait les sourcils, dépité.

— Les femmes passées au poste aujourd'hui ont toutes des alibis solides, constata Garnier pour reprendre le cours de l'enquête. Des choses intéressantes sur le site de rencontre ?

Julien sortit de sa contemplation pour poser son ordinateur près de Garnier et faire défiler l'historique des conversations.

— À quelques mots près, il sortait exactement le même baratin à toutes ces filles. Il a pris plusieurs rendez-vous. J'ai fait le listage que vous avez demandé. J'ai retrouvé certains noms sur le carnet et rajouté ceux qui manquaient.

Il ouvrit avec fierté un tableau Excel des informations récoltées.

— Dans la dernière colonne, j'ai coché les alibis vérifiés. Pour le reste, j'ai classé par date. J'ai aussi fait un organigramme des relations supposées et…

Julien stoppa sur le visage de Gabrielle. L'appareil chauffant à la main, elle le fixait telle une bête curieuse.

— Quoi ?

— Il te faut un carnet, ironisa-t-elle.

Il grimaça, faussement vexé devant Richard et Garnier compatissants. Une porte claqua et des pas lourds à la démarche reconnue résonnèrent dans la pièce. Étienne Maillard, leur supérieur direct, s'approchait d'eux avec un visage sévère. Il inspira profondément. Son torse, aussi imposant que sa panse, doubla de volume.

— J'ai plusieurs personnes importantes de la région qui m'ont contactée, commença-t-il en articulant bien chaque mot.

— Je suppose que les sujets des coups de fil se trouvent sur internet et dans ces jolis petits carnets, tenta Gabrielle en éteignant le séchoir.

— Monsieur Tholet ne chassait pas qu'en terre de classe moyenne, si vous me suivez bien, confirma-t-il. J'ai rapidement expliqué que nous avions bloqué la publication dès que nous l'avions su. Inutile de vous rappeler la difficulté de contrôler ce qu'il se passe sur internet. Et aucune des personnes à qui j'ai affaire n'est dupe. Ils veulent réparation et la tête de celui qui a balancé ça à défaut d'avoir celle de celui qui est déjà enterré.

— J'ai obtenu l'emplacement du poste informatique qui a servi au sein du lycée et la classe qui y avait accès à cette heure-là, s'empressa d'annoncer Julien. Un dénommé Justin Tréaud se trouvait dans la salle dans le créneau horaire. Ce qui est suspect, c'est qu'il n'a pas utilisé son propre compte pour publier ce jour-là d'après l'historique. Le véritable titulaire du compte n'était pas sur place. La surveillante en revanche est catégorique. C'est Justin qu'elle a vu. Il est actuellement en voyage scolaire en Angleterre. Ils reviennent en fin de semaine. Je m'occupais de contacter ses parents lorsque Gab et Garnier sont arrivés avec le nouveau carnet.

— Un nouveau carnet, répéta Maillard en fermant les yeux.

— Sur l'ensemble des noms que nous possédons, près de la moitié sont de la région, continua Julien avant de recevoir un coup de pied de Richard.

— Nos équipes ont dû intervenir cette après-midi dans une maison du bourg, expliqua Maillard. Un couple concerné par les activités de Tholet en est venu aux mains si je puis dire. Les voisins nous ont alertés en entendant le raffut.

L'un de vos collègues s'est pris une assiette dans la figure en tentant de calmer la situation. Il a une jolie coupure à l'arcade sourcilière. Ce que j'essaie de vous expliquer le plus diplomatiquement possible, c'est qu'il serait bon de régler cette affaire rapidement afin d'éviter d'autres incidents de ce genre. Les réseaux sociaux s'en donnent à cœur joie entre la bagarre le jour de l'enterrement, la tentative de suicide du haut du toit de Valdonne, la divulgation des aventures de Tholet sur internet et les règlements de comptes conjugaux qui sollicitent des déplacements. Trouvez-moi une piste fiable, ramenez le gosse d'Angleterre par la peau des fesses s'il le faut et classons cette triste affaire.

6

La tête posée contre la vitre du bus, Justin Truaud somnolait. L'agitation de ses camarades le perturbait à peine. Le voyage d'une semaine, les derniers évènements dans sa vie, la fin de l'année scolaire avec ses examens, trop d'évènements raccourcissaient ses nuits et provoquaient un stress inenvisageable un mois plus tôt. Il doutait que cette traversée de la Manche suffise à éclaircir ses pensées et pourtant un autre pays était aussi un autre monde dans lequel il pouvait feindre que rien ne s'était passé de grave ou de contrariant. Dans le brouillard de son demi-sommeil, il entendit l'annonce de leur arrivée sur la place de la Pêcherie, à Cosne-sur-Loire. Il étira ses bras, détendit le dos douloureux d'une position peu confortable et agrippa son sac duquel s'échappa son portable. Il se cogna le front sur le siège avant en se penchant pour récupérer l'objet. Après un grognement, il désactiva l'écran de veille et une série de sons signala pléthore de messages. « Maman » caracolait en tête des correspondants. D'ordinaire peu intrusive parce que souvent débordée, elle faisait preuve d'une insistance d'autant plus inquiétante : des appels, des messages, des e-mails, trop de tentatives en trop de peu de temps. Préoccupé par ce constat inquiétant, il n'avait pas senti le bus s'arrêter. Une tape dans le dos de sa voisine acheva de le réveiller.

— Oh, oh ! Truaud a fait des conneries ! s'exclama la voix familière d'un camarade devant lui.

Sous l'un des réverbères, ses parents attendaient, crispés, aux côtés de deux personnes à l'air sévère et aux bras croisés. Gab et Garnier n'avaient pas besoin d'uniformes. Leurs postures et l'expression de leurs visages crachaient, à ce moment précis, l'autorité nécessaire pour envoyer le bon message. Justin ne rentrerait pas paisiblement chez lui avec pour seule préoccupation les retrouvailles avec sa famille et sa console de jeu.

***

Gendarmerie de Sancerre

Les visages fermés de ses parents annonçaient un retour à la maison compliqué et bien plus terrifiant que l'interrogatoire en cours. Peu importait, il était majeur et libre après tout. Ses géniteurs ne s'étaient toujours que peu souciés de lui, bien trop occupés et pressés dans leurs activités professionnelles. Les vignes passaient avant lui à chaque moment de l'année. La boutique, le commerce, la comptabilité, le travail à la cave, les allers-retours sur les terres, les vendanges, dans ce va-et-vient vigneron, il n'était qu'un objet décoratif de plus dans une maison vide la plupart du temps. L'entreprise était réputée et ne devait souffrir d'aucune perte de temps.

Garnier étala le dossier de l'affaire devant le jeune homme et prit soin de mettre en avant les photocopies du carnet et la photo de la clé USB. Justin souleva les sourcils et mima l'incompréhension.

— Ce carnet te dit quelque chose ? demanda Garnier, peu réceptif à la comédie devant lui.

— Absolument pas.

— Alors nous avons un petit problème. Une personne a balancé le contenu de ce carnet sur les réseaux sociaux, déposé cette clé USB dans notre boîte aux lettres et glissé certaines pages dans plusieurs livrets de messe lors d'un enterrement. Quelqu'un de suffisamment malin pour ne pas avoir laissé d'empreintes sur la clé, ni le papier, mais, internet, c'est plus vicieux. Nous avons retrouvé l'ordinateur qui a servi, à quelle heure il a servi et qui se trouvait dessus à ce moment précis.

— Je n'étais pas au lycée à ce moment, répondit-il trop rapidement.

— Quel moment ? Je ne t'ai pas donné la date et l'heure.

Justin déchanta.

— Si vous pouvez prouver que les informations viennent de ma page… commença-t-il.

— Notre petit génie de l'informatique a bien entendu constaté que tu n'avais pas utilisé ton propre compte. Le souci est que ton copain, le vrai propriétaire de cette page, n'était, lui, pas du tout au lycée à ce moment précis. Merci la localisation du téléphone, s'amusa Garnier. La technologie est pratique pour bien des choses, mais aussi terriblement intrusive lorsque l'on ne se méfie pas assez. Les yeux humains ont fait le reste. Nous savons que c'est toi qui as balancé ces informations alors il est temps d'éclaircir la situation. Nous avons un homme mort : Fabien Tholet. Nous avons trois personnes qui affirment qu'une femme ou un homme avec ta stature l'a poussé du haut de l'esplanade de Sancerre. Et pour ajouter du piment à tout ça, nous savons que tu t'es fait le plaisir de refaire la réputation de la victime.

— La réputation, rit Justin. Pitié, ce type était dégueulasse ! Mais non, je ne l'ai pas tué. J'aurais pu. Mais sérieusement... aller en prison pour « ça » ! Localisez mon portable puisque vous savez le faire. Demandez à mes parents où j'étais.

— Tu sais ce que tu encours pour ce que tu as fait ? Tu as le choix. Détention et diffusion de paroles ou d'images portant atteinte à l'intimité de la vie privée : un délit avec deux ans d'emprisonnement maximum et trois cent mille euros d'amende. Divulgation d'informations personnelles pour exposer une personne à son entourage à un risque d'atteinte aux personnes ou aux biens : délit jusqu'à cinq ans d'emprisonnement et jusqu'à trois cent soixante-quinze mille euros.

— Tous les jours, sur tous les réseaux, des noms sont balancés avec des hashtags sans prise en compte des autres, des victimes, des preuves… Vous voulez sérieusement me faire croire que vous courez après tout le monde ?!

— Le seul tribunal ne se trouve pas sur les réseaux, rappela Gabrielle, silencieuse jusqu'alors. Tu as porté préjudice à énormément de personnes qui ne méritaient pas de subir ta petite guerre avec Tholet. Mais je suis curieuse et j'aimerais comprendre. D'où connaissais-tu Tholet ? Où as-tu trouvé ce carnet ? Où est l'original ? Pour le soir de sa mort, ne t'inquiète pas, nous allons vérifier.

— Mais tout le monde connaissait monsieur Fabien Tholet. Il était « sympathique » ce Fabien. Il était « amical et charmant ». Et puis, il était tellement rigolo avec son petit côté charmeur. Vous vous occupez vraiment du mal que moi j'ai fait. Qui s'est occupé de celui que lui a fait ?!

— Il t'a piqué ta petite amie ? lança Garnier avec nonchalance.

Justin s'affala dans sa chaise, plissa les yeux, réfléchit un instant.

— Il a couché avec ma mère, lança-t-il fièrement.

Si Garnier accusa un instant de doute, Gabrielle opta pour le même ton que l'interrogé et se saisit de son portable pour faire défiler sa propre liste.

— Nous devrions donc retrouver son nom dans le carnet, marmonna-t-elle.

— Je n'ai pas diffusé sa page. Je ne suis pas bête, rétorqua-t-il.

— Tu me permettras d'en douter vu ce que tu as fait et que tu es ici aujourd'hui.

— C'est vous le « méchant flic » du coup ? joua Justin. Vous allez vraiment retourner cette ville pour savoir qui a réglé son compte à ce mec ?!

— Ce n'est pas à nous de juger ses actes. Ce n'est pas à nous de condamner. Pas plus qu'à toi. Nous ne sommes pas dans un jeu d'arcade où la mort est justifiable au moindre désaccord. Un accident cependant, peut arriver.

— Je n'ai pas tué Fabien Tholet, répéta Justin. Je voulais juste montrer aux gens qui il était vraiment. J'ai vu l'article dans le journal. Un ramassis de foutaises. Le type passe pour un saint, sérieux ?! Il venait tout le temps à la cave pour acheter du vin. Il serrait la main à mon père avec son grand sourire hypocrite. Il y en a marre des gens qu'on fait passer pour des anges quand ils meurent alors que tout le monde savait qu'ils étaient pourris de leur vivant !

— Où est le carnet aujourd'hui ? redemanda Garnier.

— Je ne l'ai pas gardé. Je l'ai brûlé.

Gabrielle releva les yeux, sceptique.

— Quel intérêt de t'en débarrasser ?

— Il ne me servait plus à rien.

Garnier n'était pas plus convaincu par l'explication. Une fouille était déjà prévue chez les Truaud. Justin avait eu entre les mains un objet de révélations, de règlement de compte et de chantage potentiel. Vu sa mentalité et sa colère clairement affichée, rien ne justifiait qu'il se débarrasse si rapidement et facilement de ce précieux carnet. Gabrielle observa à son tour le garçon devant elle. Ses actes étaient idiots et cruels pour les personnes citées. Les conséquences seraient désastreuses sur bien des plans. Néanmoins, elle se désola que, sans ce geste irresponsable, l'enquête serait encore plus en difficulté. Elle cherchait le monstre dans le grand enfant devant elle, en vain. Elle ne l'imaginait pas violent ou profondément mauvais. Il n'existait plus qu'un gamin en souffrance, désireux d'en découdre avec ses parents.

— Ça te fait plaisir de faire souffrir des enfants ? demanda-t-elle d'un calme étonnant.

— Non ! s'exclama-t-il sans comprendre.

Gabrielle repoussa plusieurs feuilles du dossier et laissa apparaître les photos de marmots âgés de quatre à douze ans maximum. Des grands sourires et l'innocence transparaissaient du glaçage.

— Cinq enfants assez jeunes ont enterré leur père l'autre jour, expliqua-t-elle. Il leur sera difficile d'intégrer cette information, de savoir pourquoi « papa » ne revient pas, pourquoi « maman » est effondrée. C'est quelque chose qu'on ne devrait pas avoir à confronter si jeune, tu ne crois pas ? Que penses-tu qu'il se passera dans leurs têtes quand les ragots sur leur père arriveront à leurs oreilles ? Crois-tu que la pitié et la considération existent dans une cour de récréation ?

Truaud accusa sa première expression désolée depuis son arrivée.

— Dans le carnet que tu as partagé, plusieurs femmes ont également des enfants. Ces mêmes enfants ont accès aux réseaux tout comme toi. Certains verront les textes décrivant les rapports sexuels de leur mère avec des détails franchement dégoûtants et surtout privés. Combien de petits rigolos utiliseront les numéros de téléphone à n'importe quelle heure pour sortir des trucs dégueulasses et foutre en l'air leur famille ? Fallait-il vraiment détruire tous ces gens pour Tholet ? Il a fait du mal. Tu l'as bien aidé.

7

Depuis près d'une heure, Erine et Etienne Garnier se promenaient dans les jardins du château de Sancerre. Le soleil étant aussi rare que les jours de congé de leur fils, ils avaient pris l'initiative d'une excursion à deux, main dans la main comme deux jeunes tourtereaux. Chaque banc se voyait testé, chaque vue sur les vallées vigneronnes se voyait capturée par l'appareil photo. De là-haut, le viaduc de Ménétréol semblait traverser une vaste forêt d'arbres aussi fournis que gigantesques. Les champs péniblement entretenus entre deux averses formaient un quadrillage tantôt vert, tantôt or. Les rangées de vignes plongeaient et regagnaient la surface à chaque relief. Le couple reprit sa visite, longea les allées de cailloux blancs où de multiples petites pancartes renseignaient les noms des diverses plantes étoffant le jardin et habillant les murs épais de pierres grises. Arrivés au bas de la Tour des Fiefs, monument en rénovation du village, Étienne souffla, la main au-dessus de ses sourcils, cherchant le sommet.

— Combien de marches, déjà ? demanda-t-il pour la troisième fois.

— Cent quatre-vingt-treize, répondit Erine après vérification sur son prospectus. Tu as déjà fait beaucoup plus.

— J'avais sûrement beaucoup moins d'arthrose dans les genoux et pas mal d'années en moins également.

Elle le défia du regard avec un large sourire. Jamais elle ne lui aurait demandé cet effort si elle ne l'en avait cru capable. Depuis la maladie, elle s'était positionnée comme celle qui devait le secouer pour qu'il garde le moral et le forçait à bouger, toujours dans la mesure de ses capacités. Il la dévisagea de côté, pinça des lèvres et ronchonna gentiment, tentant de l'attendrir, en vain.

— Laisse-moi deux minutes d'échauffement et on monte, consentit-il enfin.

Il jeta un dernier œil sur le panorama du balcon près d'eux, inspira profondément, et fronça les sourcils au passage d'une jeune femme sur une route bien plus bas qui courait au milieu du goudron, poursuivie par un étrange tracteur.

— C'est une sorte de corrida dans la région, tu crois ? s'étonna-t-il en désignant la scène du doigt.

Erine le rejoignit, se pencha à son tour, et fut persuadée de reconnaître la voiture de leur fils derrière la femme et son assaillant de métal.

— C'est Sébastien là, non ?!

La voiture en question stoppa sur la première place de parking disponible et l'agent en sortit précipitamment. Trop de touristes pour se permettre ce genre de rodéo en plein centre-ville, s'était-il dit. Il s'éloigna de son véhicule au pas de course, tentant de rattraper le tracteur fou. Il dévala la descente pour longer la route et brandir sa carte au plus près de l'engin. Ses ordres s'étouffaient sous le bruit ambiant. Une voiture évita la femme poursuivie de justesse et pila devant le monstre vert et jaune au godet menaçant. Le conducteur en descendit, les manches relevées et la démarche assurée. Garnier s'interposa quand il sentit un objet lui frapper le dos. La victime balançait ses talons en direction de la petite mêlée. Au loin, les sirènes de voiture retentirent. Il suffisait de tenir trois à cinq minutes.

— Une soirée entre copines qu'elle disait cette sale…, cracha l'homme.

— Cette sale quoi ?! Ivrogne ! tu croyais que j'attendrais sagement que tu reviennes de tes beuveries, gros porc ! Tu crois que je ne sais pas ce que vous faites entre potes ! Fabien m'a tout dit !

— Des conneries parce que ce fumier voulait te mettre dans son pieu, idiote que tu es !

Garnier plaqua l'employé viticole contre son véhicule et repoussa l'épouse boitillante et motivée à provoquer davantage.

— Ce n'était pas lui, c'était un autre, cria-t-elle. Je n'allais pas passer ma vie avec un sac à vin ! Tu as essayé de me rouler dessus avec ton tas de ferraille, espèce de cinglé !

Elle donnait des coups de pied sur le côté pour atteindre son mari et heurta le tibia de Garnier au moment même où les renforts arrivèrent, accompagnés de Gabrielle. Les tourtereaux furent poussés chacun dans une voiture tandis que l'enjambeur obstruait toujours la route. Les parents de Garnier, redescendus de leur lieu de tourisme, arrivèrent à sa hauteur, inquiets de l'état de sa jambe.

— Qu'est-ce que c'était que cet engin ? interrogea Étienne.

— Un enjambeur, répondit le blessé. Il sert au travail dans les vignes.

— Tu es venu à la campagne pour la tranquillité, c'est bien ça ? ironisa son père. Tous les problèmes conjugaux se règlent de cette façon ici ?

— Non, répondit Garnier sur le même ton sarcastique. La plupart du temps, les gens se contentent de sortir leurs fusils.

Il se laissa tomber sur le trottoir et releva sa jambière pour frotter le bleu naissant. Gabrielle s'approcha à son tour, le visage crispé, les bras croisés. Erine Garnier lui tapota le bras pour la rassurer. Une lueur étrange apparut dans les pupilles marron de la collègue de leur fils.

— Elle ne s'inquiétait pas, ronchonna Garnier. Elle se retient de ne pas se foutre de moi parce que vous êtes là.

Effectivement, les lèvres de la femme se desserrèrent pour laisser échapper le rire jusqu'alors étouffé. Si les parents arrondirent les yeux un premier temps, ils rejoignirent finalement la moqueuse devant l'expression dépitée de Sébastien. Il se releva, tenta de récupérer le peu de fierté qu'il pensait avoir perdu et tapota sa veste.

— Puisque vous êtes tous là et que vous vous entendez si bien, le repas chez Gabrielle, c'est tous ensemble et ce soir ! Voilà. Bonne promenade. Nous, on a du travail au poste.

Gabrielle haussa les épaules pour signaler qu'elle n'en était pas contrariée et moucher une nouvelle fois son souffre-douleur.

— On emmène quelque chose ? demanda Erine avec bienveillance.

— Tu veux lui ramener un souvenir de Sancerre ? lança Garnier. Il y a une boutique, plus haut, qui a une cave remplie de sorcières à accrocher dans les maisons. Ça sera tout à fait approprié.

Il tourna les talons et regagna sa voiture en boitant.

— Je conduis, décida Gab en se saisissant des clés.

Sans contester, Garnier se laissa tomber sur le siège passager, toujours contrarié jusqu'à leur retour au poste.

Lorsque les deux agents passèrent la porte d'entrée, la dizaine de collègues présents applaudirent, hilares.

— Vous n'êtes pas sérieux, pesta Sébastien. Comment avez-vous su ?

Julien tendit son téléphone, la fenêtre ouverte sur une vidéo prise en direct une heure plus tôt : Garnier courant derrière l'enjambeur pourchassant lui-même la femme en talons hauts.

— OK. Continuez de vous marrer, accorda-t-il. Le prochain appel pour ce genre de règlement de compte ne sera pas pour moi. Pensez-y tous !

Il s'affala dans sa chaise et se frotta une nouvelle fois la jambe. Les dossiers et témoignages défilèrent sous leurs yeux une nouvelle fois. Il fallait trouver le détail. Celui que les premières lectures n'avaient pas laissé échapper. Celui qui allait tout changer.

Gabrielle tournait et retournait les pages. Elle finirait par connaître chaque ligne par cœur, sans qu'elles ne lui soient pour autant utiles. Devant elle, une photo de la vignette de Bordeaux reconstituée s'affichait ainsi qu'un autre petit morceau illisible. Cette fameuse bouteille, éclatée le soir du crime, sortait de nulle part. Au beau milieu de Sancerre, dans les mains d'un collectionneur de Sancerre, la chose paraissait juste incohérente. Les témoignages du bar évoquaient un homme partant les mains vides ce soir-là et sans femme à son bras. La date de la cuvée l'interpella alors. Elle ressortit la série de photos prises chez les Tholet ainsi que dans la cave de la garçonnière de Narcy.

— Quel est le problème ? interpella Garnier devant la soudaine agitation.

— Un petit morceau de papier retrouvé dans les morceaux de verre. Il est imbibé de vin, mais ne colle pas avec l'étiquette.

— Et ?

— La bouteille a presque vingt ans.

— Tholet était amateur de vin, rappela Garnier.

— De « Sancerre », corrigea Gab.

— Quelqu'un lui a offert cette bouteille en sachant qu'il était adepte, mais sans savoir que cela ne concernait QUE le Sancerre, conclut-il.

— Quelqu'un qui avait accès à l'une des collections de Tholet surtout, se réjouit-elle.

Elle tendit la photo du minuscule papier.

— On ne peut rien lire, constata Garnier.

— Non. Mais on voit clairement que la forme est celle des petites étiquettes que Tholet collait sur ses bouteilles pour noter les dates d'achats. Cette bouteille venait de sa collection.

— Encore une fois, ce n'est pas un Sancerre.

— Tu retournes chez Virginie Tholet et je retourne à la garçonnière. Si j'ai raison, un emplacement sera vide.

***

Domicile de Virginie Tholet, Sancerre

Karen Ruffat ouvrit la porte. Pour l'instant enregistrée comme habitant chez Virginie, ce fait ne choqua donc guère Garnier. L'amitié entre les deux femmes l'impressionna. Les cachotteries respectives de leurs maris auraient pu mettre à mal bien des relations. Mais Karen restait là, présente, réconfortante.

— Je souhaitais vérifier un détail dans la collection de Fabien Tholet, expliqua Garnier.

— Allez-y. Virginie n'a rien à cacher.

— Elle est ici ?

— Elle est sous anxiolytique. Elle ne dormait plus depuis plusieurs jours. Elle se repose enfin depuis à peine une demi-heure. J'aimerais autant qu'on ne la réveille pas si ce n'est pas nécessaire. Vous ne souhaitez que regarder la collection ?

— Oui.

Elle lui fit signe de rejoindre la vitrine au fond de la pièce et le suivit, curieuse.

— Les enfants vont bien ? demanda-t-il tout en observant les rangements.

— On a expliqué aux plus jeunes que papa était au ciel, répondit-elle. Quoi dire d'autres ?

— Et votre mari ?

— Je ne vous cache pas que nous ne sommes plus vraiment en contact pour l'instant.

— C'est compréhensible.

De ses yeux, il glissa sur chaque étagère, à la recherche de l'emplacement vide.

— Puis-je savoir ce que vous cherchez ? Je peux peut-être vous aider ?

— Une bouteille de Bordeaux se trouvait éclatée près du corps de Tholet. Je cherchais à savoir si elle venait de sa collection ou s'il s'agissait d'un cadeau de la part de la personne responsable de sa chute.

— Alors je peux vous faire gagner du temps, dit-elle. Fabien ne collectionnait que le Sancerre. Aucune intruse. Il ne voulait même pas entendre parler des autres vins. Cette bouteille ne pouvait donc pas venir de sa collection.

Garnier acquiesça. Pas de vide dans la vitrine. Pas d'entaille dans la collection. L'objet venait très certainement de la deuxième personne présente ce soir-là. Le souci étant que le rapport scientifique annonçait avec certitude qu'aucune empreinte ne se trouvait dessus. Il avait raison. Gabrielle faisait fausse route.

***

Domicile secondaire de Fabien Tholet, Narcy

L'eau s'était évacuée. La moisissure commençait son travail. Les papiers peints étaient toujours trempés. La boue recouvrait les draps du lit inondé plus tôt. Les vieux magazines collaient sur le sol aux côtés de feuilles d'arbres et de cailloux. Gabrielle s'engouffra de nouveau dans la cave, cette fois dégagée. Les étagères tenaient étrangement droites. Le poids cumulé des nombreuses bouteilles avait peut-être stabilisé les supports. Comme chez Virginie Tholet, les dates se suivaient. Gab prit de nouvelles photos, plus focalisée sur les étiquettes. Que du Sancerre. Garnier avait peut-être raison et elle perdait son temps. Elle s'attendait d'ailleurs à un message de sa part qui signalerait que tout était à sa place chez les Tholet et que rien n'était à signaler. Pourtant, au bout de la troisième étagère, un emplacement s'illustrait parce que bien vide. Les dates des bouteilles voisines collaient avec celle de l'étiquette principale du Bordeaux. La coïncidence restait possible. Comment prouver ce qu'elle avançait ? Elle recula contre le mur humide et réfléchit un long moment.

Elle refusait de rentrer bredouille encore une fois. Quel était l'intérêt d'inscrire les dates précises ? Une simple maniaquerie ? La victime si simple et sans histoire devenait un serial séducteur aux névroses de plus en plus poussées. Le téléphone vibra dans la poche de Gabrielle. « Garnier », sans surprise.

« Pas de pièce manquante ici, chère collègue. Et confirmation que Tholet n'aurait pas dérogé à la règle de la collection de Sancerre. Le Bordeaux était probablement un cadeau de son ou sa meurtrière. Sans empreinte. Sans ADN. Tu perds ton temps. Va donc préparer le repas pour ce soir ! J'ai les crocs ! »

Elle souffla et rangea son téléphone. Inutile de lui répondre. Sa provocation lui glisserait dessus et elle se ferait un plaisir de se vanter de sa propre découverte le soir même.

***

Domicile de Gabrielle Lorcat, Menetou-Râtel

Sabine Périgeon avait plus de lasure sur elle que sur le meuble qu'elle devait rénover. Abel, son compagnon et ancien psychologue, ne cachait pas son amusement, les fesses vissées dans le canapé après avoir clairement annoncé qu'il n'aiderait pas pour le bien de l'endroit. Il n'avait jamais été manuel, mais n'en culpabilisait pas. Son don pour la cuisine lui permettait de rattraper ses piètres compétences de bricoleur. La table était prête ; les plats étaient chauds ; seuls la propriétaire des lieux et ses autres invités manquaient à l'appel. Garnier et ses parents suivaient Gabrielle dans les recoins de la demeure à visiter. Si la vue sur l'étang les avait émerveillés, le passif des lieux, fièrement racontés par Sébastien, provoquait plus le malaise.

— C'était la maison d'une victime donc ? répéta Erine Garnier, les yeux arrondis.

— Non, pas directement, tenta de réexpliquer Garnier. Mais la famille était liée à toute l'histoire.

— Je n'ai rien compris, souffla la femme. Qui était l'homme retrouvé dans le tunnel derrière le mur de la cave ?

— Un prêtre qui est passé ici pendant la Seconde Guerre mondiale, expliqua Sébastien. Le grand-père biologique du petit ami de Gabrielle.

— Un prêtre... grand-père biologique... du compagnon de Gabrielle.

De toute évidence, Sébastien prenait un malin plaisir à perturber ses pauvres parents et Gabrielle observait la scène entre amusement et désespérance. Le père lança un regard accusateur à son fils. Il cherchait à savoir qui il souhaitait le plus mettre mal à l'aise : eux ou Gabrielle ? Le fameux « petit ami » ne faisait pas partie de l'équation lorsque Sébastien était reparti de Paris pour rejoindre sa collègue. Etienne Garnier sentait une amertume certaine dans cette petite découverte. Lorsque le petit groupe regagna l'étage, Sabine et Abel avaient ouvert la porte à David Grandjean, le fameux homme de trop.

— Félicitations à Gabrielle qui se sociabilise enfin, lança Sébastien. Tu as organisé un repas avec plusieurs de tes congénères dans une maison à ton image et je me dis que ça doit bien justifier les tempêtes de ces derniers jours.

— Merci pour ce discours bienveillant et éloquent, rétorqua-t-elle avec un large sourire.

Elle avait fièrement exposé sa sorcière de porcelaine offerte par le couple Garnier.

— Nous pensions que notre fils voulait vous faire une mauvaise blague, se justifia Erine. Et puis, nous avons visité la boutique et découvert la signification de ces petites poupées.

— Les sorcières accrochées vers l'entrée des maisons conjurent le mauvais sort et protègent le foyer, termina Gab. La région a un passif avec la sorcellerie et le mystique.

— Et puis quelle ressemblance avec toi, nota Garnier en mimant la grimace effrayante.

Les hostilités lancées, elles se prolongèrent durant tout le repas devant des spectateurs tantôt médusés, tantôt hilares. Ils écartèrent à plusieurs reprises les conversations se rapprochant de l'enquête. Garnier percevait tout de même sans mal le bouillonnement dans l'esprit de sa collègue. Quelque chose l'avait gênée à la suite de l'interrogatoire de Justin Tréaud et de cette visite dans la garçonnière. Boudait-elle seulement d'être revenue sans nouvel élément ? En fin de soirée, alors que les parents de Garnier avaient rejoint leur propre maison pour le séjour, Gabrielle s'écarta du reste de ses invités pour vérifier un détail.

— Elle ne lâche jamais, excusa Garnier en direction de David Grandjean.

— J'ai cru comprendre, répondit celui-ci. Elle est tenace. C'est une qualité. Nous nous sommes rencontrés grâce à ça.

Les deux hommes se dévisagèrent un instant. Abel, toujours dans son précieux canapé, observait et analysait un comportement qu'il savait des plus communs.

— David, venez boire un verre ! interpella Sabine. Ne nous laissons pas démoraliser par ces deux rabat-joie !

Tandis que l'informaticien obéissait avec politesse, Sébastien rejoignit la pièce voisine où sa collègue tournait frénétiquement les pages du dossier.

— Tu as du monde dans le salon, tu sais ? s'amusa Garnier.

— Je sais. Tout se passe bien. Tes parents avaient l'air contents ?

— Très, assura-t-il. Décontenancés par certaines informations, mais globalement satisfaits.

Il sourit conscient qu'elle n'en voyait rien, absorbée par sa recherche.

— Que cherches-tu ? insista-t-il.

— Je ne cherche plus. J'ai trouvé. La troisième « note »… ce sont les enfants.

— Les enfants ?!

— La première note évalue les compétences sexuelles ; la deuxième note désigne le statut marital ou pas de la femme ; la troisième… s'il y a eu un ou plusieurs enfants. Nous avons parlé des enfants lors de l'interrogatoire. J'ai capté. Tu as le nom de son ex-femme sur la clé USB avec le chiffre deux pour ses deux enfants. Tu as le nom de sa femme actuelle avec une nouvelle fois ses deux enfants. Dans le carnet bleu, on retrouve sa première femme avec son premier enfant.

— Tu as déchiffré tout le premier carnet ?

— Non. Les premières pages étaient trempées. Certains noms sont indéchiffrables.

Abel, curieux de la conversation, s'était approché à son tour, laissant David et Sabine à leur propre échange.

— Tu as de quoi remplir un cabinet de psy avec les protagonistes de ton enquête. C'est absolument passionnant.

— Tu devrais travailler avec les forces de l'ordre. Tu pourrais satisfaire ta passion, marmonna Gabrielle.

— Je n'ai pas envie d'être continuellement confronté à la mort. Je préfère résoudre les problèmes avant qu'ils ne deviennent des scènes de crime. Vous n'avez aucun de mes confrères pour établir ce genre de profil, d'ailleurs ? Un profileur…

— Manque d'effectif, répondit Garnier. Nous ne sommes pas dans les séries américaines ici.

Sébastien répondait sans méchanceté. Abel se montrait plus bienveillant que curieux et souriait à l'exaspération de Gabrielle devant les témoignages.

— Je me demandais ce qui travaillait le plus ta cervelle ? entama Abel à l'attention de son amie. Tholet ou ses conquêtes ?

— Son entourage fait partie de la mascarade, répondit l'intéressée. C'est le cumul de toutes les parties qui a donné ce foutoir.

— C'est exact. Et pourtant, tu n'as que des profils psychologiques des plus classiques. D'un côté, nous avons une version un peu plus vicieuse du séducteur compulsif.

C'est un trouble mental comme un autre. Contrairement à l'image qu'ils ou elles renvoient, ces personnes n'ont aucune confiance en elles et ont souffert d'un manque d'attention ou de considération. Peut-être causé par un exemple paternel qui allait déjà dans ce sens ou bien l'absence totale d'intérêt de leur mère. Le résultat tend aux mêmes problèmes. Ces personnes sont en recherche permanente de reconnaissance et se montrent séduisantes avec tout le monde. Elles vont porter un masque de bienveillance, de sympathie et de faux charisme à longueur de temps pour cacher leur manque de personnalité propre. Elles ont besoin d'être rassurées, valorisées. C'est le résultat d'un mal-être qui occulte absolument tout le reste. Elles se fichent du mal qu'elles font. Tholet était encore plus vicieux dans le sens où il prenait même plaisir aux dégâts qu'il pouvait causer. Pour lui, c'était flatteur. Ça faisait de lui l'espèce de dieu irrésistible qu'il se fantasmait lui-même. C'est comme une dépendance ou une drogue. Il se galvanisait de l'effet qu'il provoquait pour combler ses névroses. Cet homme-là avait assurément plus besoin d'une thérapie que d'un cou brisé. Je n'ai pas la prétention de dire que cela aura suffi à ce stade-là, mais limiter les dégâts, sûrement. Quand je vois l'organisation de ses carnets, je me demande même s'il n'a pas déjà consulté. Ranger ses idées de la sorte, classer... c'est typiquement la méthode que je conseillerais à une personne qui aurait du mal à replacer ses idées et ressentis. Et puis, de l'autre côté, il y a ses « proies ». À part une ou deux erreurs d'appréciation, il a su trouver celles qui tomberaient le plus simplement dans le piège. Tu retrouves les femmes en fragilité, en plein désordre affectif, qui souffrent du même manque de confiance. Et puis, on retrouve l'éternelle « sauveuse ». Ça marche aussi bien chez les hommes que les femmes. C'est un syndrome connu. Nous partons toujours sur un profil de personnes n'ayant aucune confiance en elles, mais avec un niveau d'empathie extraordinaire. Elles sont codépendantes. De façon inconsciente, elles cherchent à s'aider elles-mêmes en plus des autres et satisfaire leur propre ego à leurs propres yeux en plus de celui des autres. Pour Anne Trépan, Fabien Tholet était une pauvre petite chose blessée qu'il fallait aider et l'attention qu'il lui rendait en retour la confortait. Quant au cercle d'amis… la plupart des gens ne veulent voir que les parties les plus sympathiques de leur entourage. Personne ne veut admettre s'être trompé sur une personne. L'ego. Toujours l'ego. Tholet faisait partie de toutes les associations possibles et se rendait serviable. Il a travaillé son image en permanence pour que, finalement, ses petits vices paraissent inoffensifs. Il manipulait suffisamment bien pour qu'aucune de ses admiratrices ne ressente de la rancœur envers lui ou qu'aucun de ses amis ne trouve à le critiquer.

— Et quel serait le profil d'une personne qui n'aurait pas hésité à le pousser du haut d'un balcon ? Si ces femmes étaient toutes si dépendantes et reconnaissantes de son attention, aucune n'aurait eu le courage de faire ça.

— Sauf si c'était accidentel, comme nous le pensions depuis le début, rappela Garnier. La fille s'énerve et le pousse bêtement. Il tombe. Ça ne nous aide pas, mais c'est la version la plus plausible.

— Et dans le cas d'une personne si psychologiquement fragile, elle aura culpabilisé ou agi comme Trépan en montant sur un foutu toit, insista Gabrielle.

— Et donc, tu cherches à prouver quoi ? s'étonna Garnier.

— Je cherche une personne qui avait beaucoup plus de raisons que les autres de lui en vouloir.

— Nous ne pouvons pas prouver que sa femme se trouvait avec lui cette nuit-là, rappela Garnier. Nous ne pouvons pas non plus replacer Justin Tréaud à cet endroit. Son portable indique sa présence chez lui même si ses propres parents ne sont pas catégoriques.

Gabrielle souffla, les mains encerclant son visage. Garnier et Abel s'échangèrent des regards amusés.

— Vous avez raison d'en rire, rétorqua-t-elle. Ce type est passé au travers des mailles du filet parce qu'il passait pour « sympathique ». Beaucoup de femmes qui se trouvaient dans ce carnet se connaissaient. Pas une seule a parlé. Vive la sororité ! Un simple échange suffisait pour comprendre que les bobards se répétaient et que tout n'était qu'un jeu cruel pour lui. Il jouait l'ami compréhensif, profitait d'une brèche ou d'une faiblesse et, une fois l'expérience terminée, basta ! Suivante ! Autre chose… Richard a interrogé la mère de Justin Tréaud, elle affirme qu'il ne s'est jamais rien passé avec Tholet et qu'elle ne comprend pas d'où sort cette accusation.

— Évidemment qu'elle ne s'en vante pas, répondit Garnier. Comment veux-tu qu'elle avoue ça devant son mari et son fils alors que nous sommes en pleine enquête pour meurtre ?

— Et puis je ne comprends pas ce désir de cacher ce carnet !? Quelle importance maintenant ? Il en a balancé presque tout le contenu sur les réseaux. Il peut servir de preuve pour son propre témoignage avec la page qui concerne sa mère.

— Il ne voulait pas que son père tombe dessus.

— Je pense qu'il n'en avait rien à faire. Ce gosse a l'air remonté contre ses deux parents.

— Autre chose, intervint Gabrielle.

Elle sortit avec fierté la photo prise dans la cave de la garçonnière de Tholet.

— Il y a une place libre. Et l'année peut correspondre.

— Mais enfin, pourquoi une bouteille de Bordeaux ?! protesta Garnier. Ce n'est peut-être qu'une coïncidence. Cette cave était inondée. Certaines bouteilles ont pu tomber de leurs emplacements.

— C'était le seul emplacement vide, Garnier.

— Alors de quelle façon ce Bordeaux serait passé de la garçonnière de Tholet à l'esplanade de Sancerre le soir de sa mort ?

— Quelqu'un savait pour la garçonnière justement, répondit Gabrielle. Je ne vois que ça.

— Et moi, je veux des preuves solides, des empreintes et un nom ! disputa gentiment Garnier.

8

Caves de la famille Tréaud

Les poings serrés, Alban Tréaud était immobile, enfoncé dans la chaise de son bureau, les yeux dans le vide. Debout devant lui, sa secrétaire attendait avec une pile de CV dans les mains.

— Je peux passer les coups de fil tout de suite, monsieur. Ou relancer la boîte d'intérim ?

Un nouvel employé manquait à l'appel. Trouver des salariés devenait compliqué. Peu se bousculaient pour le travail physique dans les vignes. Peu se trouvaient qualifiés ou professionnels pour tout autre poste. Des retards répétitifs, des absences non justifiées, des abandons de poste sans prévenir, le planning s'avérait chaotique. La saison aux intempéries régulières impactait les terres. Le scandale familial était la cerise sur un gâteau déjà trop écœurant.

Gênée du manque de réaction de son employeur, la secrétaire prit l'initiative de quitter la pièce pour rejoindre son propre bureau. Lorsqu'elle rouvrit la porte, un engin bruyant traversa l'entreprise, réveillant Alban. Ses yeux se portèrent sur le cadre photo accroché à son mur. Sa femme, Corinne ; son fils, Justin et lui, posaient devant l'objectif, tenant chacun dans leurs mains une bouteille de blanc, de rouge et de rosé. Alban se leva brusquement et se dirigea vers l'entrepôt. Du personnel s'activait à préparer les commandes. Il piétina avec nervosité puis rechercha un papier dans ses poches. Corinne apparut alors dans l'allée.

— Tu es en retard, lança-t-il sèchement. Comment veux-tu que les salariés se pointent à l'heure si les patrons ne sont pas foutus de leur montrer l'exemple.

— Tu es en colère et cela n'a rien à voir avec le boulot, répondit-elle avec calme.

— Te voilà médium, moqua-t-il. J'ai quatre personnes en moins cette semaine. J'en ai marre de me payer des incapables, des fainéants et des bons à rien. Je cours partout et, apparemment, ma femme a mieux à faire que de m'aider.

— Qu'est-ce que tu sous-entends ?!

— Je ne sous-entends rien du tout, ma chère épouse. De toute façon, quelle importance ce que je pense finalement. Je suis le cocu de la région maintenant !

— Je ne comprends pas.

— Justin m'a tout dit ! Toi et Tholet… tu me dégoûtes !

— C'est un mensonge ! Tu ne crois pas sérieusement ce qu'il a dit !

— Tu traites ton gosse de menteur ? Toutes ses années de rébellion permanente où je me remettais en question, et je culpabilisais presque d'être un mauvais père… Tout ça pour apprendre dans un poste de gendarmerie que ma femme s'envoyait un client dans mon dos pendant que je me tuais à la tâche !

— Tu es sérieux !? Tu m'accuses de quoi ? Toutes ces années à me sacrifier pour ta satanée boîte ; toutes ces années près de toi… tu m'accuses d'avoir eu un amant et tu m'insultes ! Mais mon pauvre, à quel moment étais-je censé avoir le temps d'en avoir un !? Tu me prends pour quoi !?

— Pour une garce qui a couché avec ce petit merdeux ! Ce type venait tous les quinze jours avec son grand sourire hypocrite. Il me serrait la main, sous mon propre toit. Je ne pensais pas que sa collection ne se limitait pas qu'aux bouteilles de grands crus. Il aimait aussi les cruches !

— Une cruche ?! répéta-t-elle, le visage déformé par une colère ascendante. Une garce et une cruche tu as dit ? Regarde bien ce qu'elle fait la garce !

Une première bouteille éclata contre le mur, recolorant son revêtement d'un rouge dégoulinant. Alban Tréaud esquiva, vérifiant sa veste de marque dans la foulée.

— Tes fringues !? C'est tout ce qui te préoccupe !? s'insurgea sa femme avant d'agripper le carton près d'elle et de le vider, bouteille par bouteille, sur la même cible.

Blanc, rouge et rosé explosèrent les uns après les autres, frôlant le crâne du vigneron à plusieurs reprises et inondant cette fois totalement le costume trois-pièces. La secrétaire, paniquée par la violence de l'altercation se précipita sur son portable pour appeler des renforts. Elle savait le patron sanguin et souhaitait éviter que ses employeurs en viennent aux mains.

***

Gendarmerie de Sancerre

Corinne Tréaud tapait le bois de la table de ses ongles longs et manucurés. Garnier se doutait que ce petit bruit irriterait rapidement sa collègue et prit donc le choix de ne pas le stopper. Loin d'être dupe, Gab restait stoïque et observait le jeu de regard entre les époux Tréaud en espérant que la vitre suffirait à les calmer. Les joues du mari étaient pourpres et une veine ressortait de son front. Elle ignorait si la contrariété venait de la colère de sa femme ou des bouteilles de grand cru perdues sur le sol de la cave.

— Calmée ? demanda Garnier à Corinne.

Elle le fusilla du regard et il comprit.

— Vous connaissiez le sujet de l'interrogatoire de votre fils l'autre jour. Vous n'avez pas jugé important de le défendre en nous avouant le lien que vous aviez avec la victime ?

— La victime !? répéta Corinne, excédée. Une sacrée victime ! Je n'avais aucun lien autre que commercial avec votre « victime ». Je l'ai déjà dit à votre collègue. Fabien Tholet collectionnait les vins en plus des femmes a priori. Il était client de la cave comme il est client chez beaucoup de nos collègues. Vous allez interroger toutes les femmes de vignerons de la région aussi ?

— Seulement celles dont les fils ont découvert qu'elles avaient des liaisons avec Tholet, répondit Garnier.

— Et il vous a menti ! cracha-t-elle en s'appuyant sur la table. Je n'ai jamais trompé mon mari ! Et surtout pas avec ce type et ses gros sabots ! Pitié ! J'ai l'air d'une cruche !? Tout le monde ici savait que c'était un coureur de jupons. Tout le monde sauf sa pauvre femme apparemment. À moins que… vous devriez peut-être l'interroger. C'est encore elle qui avait le plus de raison de le pousser de ce balcon. Vous croyez que les gens ne voient rien ? Ne surveillent rien ?

— Tout le Sancerrois guette les allées et venues dans cette gendarmerie depuis que la liste des conquêtes de Tholet est apparue sur les réseaux. Pour quoi allez-vous me faire passer ?! Mon nom n'est pas sur cette liste ! C'est bien une preuve, non ?

— Votre fils affirme qu'il n'a pas diffusé la page pour vous protéger.

— Pour me protéger de quoi !? Je n'ai jamais été avec Tholet. Je n'ai jamais été sur ce carnet et mon fils n'a jamais souhaité me protéger de quoi que ce soit. Je ne sais pas si vous avez un peu le sens de l'observation, agent Garnier, mais nous avons quelques problèmes familiaux. Justin nous gratifie de sa petite crise d'adolescence depuis déjà un long, très long moment. Nous avons eu droit aux petites fugues, à l'herbe, au vol d'argent dans la caisse, aux bagarres en sortie de discothèque, aux rentrées de beuveries pleines de vomi et j'en passe et des meilleurs. Je pensais qu'il s'était calmé depuis un moment. Il faut croire que « monsieur » prenait de l'élan pour une connerie bien plus grosse. Un amant ! Sérieusement ?

— Il souhaite peut-être plus d'attention, suggéra Gabrielle.

— De l'attention, il va en avoir. Je vais l'enfermer dans le dépotoir qui lui sert de chambre sans internet, sans téléphone, sans console de jeux jusqu'à ce qu'il ait du plomb dans la cervelle.

— Il y aura des poursuites par rapport à ce qu'il a balancé sur Internet. Il faut que vous le sachiez. Nous devons savoir ce qu'il a encore comme informations.

— Vous souhaitez fouiller sa chambre ? Allez-y et bon courage. N'oubliez pas de mettre à jour votre vaccin antitétanique avant et surtout le masque sur le visage si tant est que ça fasse vraiment barrage aux odeurs. Quant à mon alibi pour le soir de la mort de Tholet, je vais vous décevoir, je n'en ai aucun autre que le témoignage de mon cher époux parce qu'avec les journées que nous avons, à une heure du matin, nous dormons ! Vu le niveau de décibels de ses ronflements, je peux moi-même vous assurer qu'il était également au lit !

Lorsque les époux Tréaud quittèrent la gendarmerie, Julien se brûlait encore les yeux devant les échanges internet sur le site de rencontre, Richard épluchait une nouvelle fois les divers témoignages et le chef surveillait derrière la porte vitrée de son propre bureau.

— Ton avis ? demanda Garnier.

— Je ne sais pas. J'ai presque envie de la croire, mais si elle dit vrai, je ne comprends pas la colère du gamin.

— Elle l'a dit. Il cherche à se faire remarquer et pourrir la vie de ses parents.

— Tu oublies le carnet. Où a-t-il eu ce foutu carnet ?

***

Domicile de la famille Tréaud, chambre de Justin

Dépotoir était un euphémisme. L'odeur était un mélange de tabac froid, d'herbe, de chaussettes assurément plus lavées depuis un long moment et de nourriture à la moisissure prononcée. Gabrielle traversa l'espace en prenant soin de ne rien écraser sur la moquette encombrée de miettes de gâteaux, de vêtements et de livres scolaires. Garnier ne put retenir un sourire devant l'expression de dégoût de Gabrielle.

— Je suppose que ta chambre d'adolescente était nickel, lança-t-il.

— J'étais une geek. Je dessinais, je lisais, je regardais les séries télévisées et effectivement, ma chambre était propre et bien rangée. Pas la tienne ? Attends, laisse-moi deviner : des revues coquines sous l'oreiller, un cendrier sur le bord de la fenêtre, un poster de pin-up au-dessus de ton lit et une vieille console ?

— Tout faux… ou presque.

— Je ne veux pas savoir quel élément était vrai. J'ai déjà ma petite idée.

Garnier repoussa un tas de feuilles quadrillées du bureau, révélant un carnet rempli de citations et de gribouillages quelconques.

— Tu cherches un journal intime ? Tu sais que ça n'existe plus depuis les années quatre-vingt-dix, moqua Gab. C'est d'ailleurs étrange. Nous sommes passés d'une période où les ados passaient leur temps à cacher ce qu'ils pensaient à une période où ils affichent leur moindre geste sur les réseaux sociaux.

— Le modernisme, agent Lorcat.

— Je sais. C'est d'ailleurs là qu'il faut commencer.

Elle attrapa l'ordinateur portable branché auprès du lit, le dégageant d'un magazine de trucs et astuces sur le dernier jeu en ligne à la mode du moment. À sa grande surprise, peu d'informations personnelles s'étalaient sur sa page Facebook. Son mur d'interaction se remplissait de partages de vidéos diverses et de photos de vignobles. Tandis qu'elle faisait le tour des différents réseaux à la recherche de réflexions suspectes, Garnier s'approcha d'un mur de photos se superposant. La seule image de ses parents datait de ses premières années. La famille Tréaud apparaissait avec de grands sourires, les yeux lumineux, leur fils dans les bras. Le bonheur s'était manifestement envolé quelque part après ce cliché. Un groupe d'amis bras dessus bras dessous posaient dans un parc d'attractions. Un baiser volé s'affichait sur un autre cliché. Les têtes étaient décorées de chapeaux de fêtes avec deux mille vingt-quatre écrit dessus. Garnier retira la photo du liège et la glissa sous le nez de sa coéquipière.

— Elle est de profil, mais je crois que je la reconnais, dit-il. Pas toi ?

Gabrielle posa le regard sur un visage qu'elle n'avait aperçu que deux fois : la première chez Karen Ruffat et la deuxième à l'enterrement de Tholet. Romy Ruffat, fille de Karen et Laurent, les meilleurs amis de Tholet, était d'après ce moment immortalisé sur papier glacé, la petite amie de Justin Tréaud.

— Simple coïncidence ou certains morceaux du puzzle commencent à s'assembler ? fanfaronna Garnier. Autant je ne voyais pas comment le gosse avait pu mettre la main sur le carnet, autant la jeune Romy avait toutes ses chances, proche comme sa famille l'était de celle des Tholet. Elle découvre que « tonton » Fabien déconne en dehors du cercle d'amis, peut-être même se doute-t-elle que son propre père participe aux écarts de conduite et elle se venge en demandant au petit ami de diffuser le carnet.

Les Tréaud attendaient dans la cuisine, sagement assis, éloignés le plus possible les uns des autres. Justin avait les yeux dans le vide, évitant toute interaction avec ses parents. Les visages se relevèrent de concert lorsque Gab et Garnier rentrèrent dans la pièce à leur tour. Garnier déposa la photo du baiser devant Justin et attira l'attention de sa mère.

— Tu as une petite amie ? s'étonna-t-elle. Elle sort d'où ?

— C'est bien le moment de te soucier de ses fréquentations, marmonna son mari.

La patience de Gabrielle s'effritait devant les règlements de compte qui continuaient à entraver l'enquête.

— C'est Romy Ruffat qui t'a donné le carnet ? interrogea-t-elle.

— Pas du tout, défendit-il trop rapidement. C'est juste une pote.

— Une pote accrochée à ta bouche sur le mur de ta chambre, releva Garnier. Personnellement, si cela ne représentait rien, je ne l'aurais pas affiché là.

— Quel rapport avec l'enquête ? demanda Alban Tréaud.

— C'est la fille des meilleurs amis de Tholet. Ils passaient quatre-vingts pour cent de leur temps ensemble. Je ne crois pas au hasard. Votre fils ne pouvait avoir accès au carnet. La fille Ruffat, si.

Garnier tira la quatrième chaise de la cuisine et s'assit calmement.

— Je vais être honnête avec toi, Justin. Je crois que tu as fait une grosse connerie en diffusant ce truc et je ne pense pas que ta mère ait quoi que ce soit à voir dans ce choix. Par contre, nous pensons que le contenu de ce carnet a circulé dans d'autres mains et provoqué ce qu'il s'est passé. Nous avons besoin de savoir qui l'a eu ; qui savait.

— Romy ne doit pas être embêtée. Elle ne savait pas. En plus, le soir de la mort de Tholet, elle était chez elle avec quarante de fièvre et sa mère qui lui tenait la tête au-dessus de la cuvette. Elle ne savait pas à ce moment-là que j'avais le carnet.

— Pourquoi l'avoir diffusé ? insista Garnier.

Justin se tut et baissa de nouveau les yeux.

— Je ne dirai plus rien.

***

Gendarmerie de Sancerre

Romy Ruffat apparut affaiblie. Les cernes marqués, les paupières gercées, tout son visage renvoyait fatigue et douleur. Ses longs cheveux lisses et châtains retombaient sur ses bras cachés sous un épais et large pull. Elle flottait littéralement dans un jean déchiré à certains endroits et révélant la maigreur de ses jambes. Gab l'observait, perplexe tandis que Garnier plaçait les feuilles du dossier sur la table.

— C'est toi qui avais ce carnet, Romy ? entama Gabrielle. Tu l'as peut-être toujours.

La jeune fille baissait toujours les yeux, gênée.

— Tu l'as donné à Justin ?

L'interrogée restait toujours aussi muette et se frottait nerveusement les mains.

— Nous ne t'accusons de rien, tu sais ? rassura Gab. Ta mère a signé une déclaration attestant de ta présence chez vous le soir de la mort de Fabien Tholet. Nous souhaitons seulement savoir comment ce carnet a pu se retrouver sur les réseaux et qui d'autre était au courant. Nous cherchons la personne qui aurait pu se venger et tuer Fabien. Je crois savoir que vous étiez très liés.

— On était une famille, murmura Romy.

— Comment as-tu trouvé ce carnet ? Est-ce la femme de Fabien qui t'en a parlé ?

Romy hésita, chercha ses parents des yeux derrière la vitre. Ils étaient chacun sur une chaise, les visages fermés, refusant de se regarder.

— J'ai entendu mon père et Fabien en discuter, avoua-t-elle. Fabien a montré ce carnet... Il l'avait sur lui.

— Et tu lui as pris ? Pourquoi ? Par curiosité ?

La jeune femme acquiesça.

— J'aime beaucoup Virginie. Je ne trouvais pas ça correct. Je ne croyais pas ce qu'ils disaient.

Ses yeux rougirent et elle essuya ses joues avec l'une de ses manches trop longues.

— Je ne voulais pas donner le carnet à Justin, mais j'étais en colère et je lui en ai parlé. Il a regardé comme ça, par curiosité.

— Il y avait le nom de sa mère ?

Romy se renferma de nouveau.

— Tu en as parlé à Fabien ? Savait-il que tu avais ce carnet ou que Justin l'avait vu ?

— Je ne sais pas. Je suis tombée malade. Je ne l'ai pas revu. Et puis vous êtes venu à la maison pour annoncer sa mort.

— Penses-tu que Justin ait pu faire du mal à Fabien ? T'a-t-il dit qu'il allait le confronter ou en parler ?

Romy secoua une nouvelle fois la tête de façon négative.

— Tu en as parlé à ta mère ?

— Non, répondit-elle rapidement. J'avais peur qu'elle en parle aussitôt à Virginie et que ça mette tout le monde en colère. J'en ai seulement parlé à Justin et il n'aurait jamais fait de mal à Fabien. Je suis désolée…

Elle recouvrit cette fois entièrement son visage de ses mains aux ongles rongés. Des flots de larmes coulaient le long de ses doigts fins.

— Je ne voulais pas que ce soit balancé sur les réseaux. Il a été trop con de faire ça. Il était en colère et a voulu se venger. Tout le monde sait maintenant. C'est la honte.

— La honte pour Fabien ?

— La honte pour Virginie, corrigea Romy. Elle a été prise pour une cruche par tout le monde. Par lui. Et par tous les gens qui savaient. Ce ne sera plus jamais comme avant. Justin a été débile !

— Des plaintes ont été déposées.

— Il était très, très en colère, mais ce n'est pas sa faute. Il n'a pas réfléchi. Il est comme ça, pesta-t-elle entre deux sanglots. Il est impulsif. Il ne faut pas lui en vouloir.

— Romy, nous avons un souci dans cette histoire. La mère de Justin affirme qu'elle n'a jamais eu d'aventure avec Fabien Tholet, ce qui rend le témoignage de Justin complètement incohérent. La preuve de ce fait se trouve tout simplement dans le carnet. Il nous le faut.

— Je ne l'ai pas gardé. Justin n'a pas menti. C'est moi qui l'ai brûlé quand j'ai su ce qu'il avait fait avec. Je ne voulais pas que qui que ce soit souffre. Je le jure. On habite chez Virginie en ce moment. Elle est dévastée et je m'en veux.

— Donc, d'après toi, Justin a bien diffusé ce carnet parce qu'il a vu sa mère dedans ? C'est le seul à qui tu l'as montré ?

Romy imita l'attitude de son petit ami et se referma à son tour, bloquée. Elle haussa les épaules et mima l'incompréhension.

***

Domicile de Virginie Tholet, Sancerre

Virginie attendait, les bras croisés, et l'œil hagard. Elle ignorait comment les choses avaient pu basculer aussi rapidement. La mort de son époux avait été un choc violent. L'escalade qui suivait n'en finissait plus. Diverses informations se mélangeaient avec tous les scénarios imaginés et auxquels elle se raccrochait encore. Des questions l'assaillaient. Des idées idiotes. Son nom se trouvait-il dans le carnet ? Les notes supposées se trouver en dessous révélaient-elles davantage ses sentiments que des sous-entendus graveleux ? L'avait-il seulement aimée ? La naissance d'Ethan n'était pas prévue. La venue de l'enfant avait peut-être transformé le coup d'un soir de la page cent cinquante en épouse potentielle. Des années de souvenirs s'envolaient. Comment Karen, sa meilleure amie, avait-elle pu éluder ses propres doutes ? Qu'aurait-elle fait à sa place ? Si Karen lui avait parlé de ses suspicions, l'aurait-elle crue ? Non. Pareille supercherie était impensable. Tout son univers se trouvait sens dessus dessous et chaque membre de son entourage suspecté d'avoir participé à cette comédie. Elle souhaitait que tout s'arrête, que les gens ne la regardent plus de travers lorsqu'ils la croisaient dans la rue. Elle était la femme naïve aux yeux de tous. Elle le sentait. Lorsque Romy passa la porte de la maison auprès de sa mère, elle les dévisagea, coincée entre la colère et la peine.

Karen Ruffat prit place face à son amie et poussa sa fille à en faire autant. Cette dernière se sentait honteuse.

— C'est Justin, commença-t-elle.

— Depuis quand savais-tu pour le carnet ? coupa Virginie.

— Très peu de temps, je te le jure, se défendit-elle. Je l'ai vu une fois. Il l'avait oublié après une discussion avec papa. J'ai refusé de croire ce que je lisais. C'était trop…

— Et tu as préféré en parler à ton petit ami plutôt qu'à moi ou ta mère !? s'énerva Virginie.

— Je ne voulais pas vous faire de mal et j'étais en colère.

— Réalises-tu que tout a été publié sur les réseaux !

Romy se crispa et serra les poings. Ses yeux séchèrent et son expression se refroidit.

— C'est lui le seul coupable, vociféra-t-elle. Tu te fiches pas mal du mal qu'il a fait aux autres pendant que tu te voilais la face !

Karen tapa du poing sur la table, choquée par la tournure de la conversation.

— Va dans la chambre, Romy ! ordonna-t-elle avant que les choses ne s'enveniment davantage.

Virginie se tourna alors vers sa meilleure amie de vingt ans.

— Dis-moi que c'est un cauchemar ! Dis-moi que tout ça aura au moins servi à quelque chose ?!

— Les interrogatoires n'ont rien donné, avoua Karen. Je suis désolée.

Un étage plus haut, Romy poussa la porte, contrariée. Elle saisit un sac à dos et le remplit de divers vêtements et de papiers.

— Tu comptes aller où comme ça ? lança une voix qui la fit sursauter.

Justin sortit de l'arrière du rideau. Rentré par la fenêtre entrouverte, il attendait patiemment.

— J'en ai marre de leur hypocrisie ! Elle se préoccupe uniquement de son petit confort ! cracha-t-elle.

— Tu exagères un peu là, non !? C'était son mari, le père de ses gosses ! Tu veux qu'elle te dise « merci » ?

— C'est toi qui as balancé ce torchon sur les réseaux ! Tout est de ta faute !

— Tu m'as forcé à le faire ! Tu te voilais la face comme tout le monde !

— Je ne suis pas une idiote !

— Si tu n'en étais pas une, tu ne serais pas sur les dernières pages de son journal de merde !

Elle stoppa le remplissage de son bagage et le lui lança à la figure.

— Elle ne te plaît pas la vérité ? rétorqua-t-il. Tu t'es tapé le mari de la meilleure amie de ta mère ! Tu pensais à quoi ? Tu croyais encore que tu étais l'élue ! Tu n'étais qu'un numéro de plus sur sa liste ; une pauvre tarte qui s'est vautrée dans son lit sans réfléchir ! Tu attendais quoi d'un type qui se tape des gamines et colle des notes après pour s'en vanter !

Elle se jeta sur lui pour le taper de ses poings avant de s'effondrer en pleurs dans ses bras.

9

Jeudi 11 juillet 2024

D'épais nuages noirs recouvraient rapidement les terres. De minute en minute, l'orage se profilait ; les éclairs se rapprochaient, tranchant le ciel. Les branches des peupliers pliaient, frôlant presque le sol. La voiture de Gabrielle remuait et Garnier observait les réactions de sa collègue.

— Contrariée à cause du vent ? À cause de l'enquête ? À cause de moi ?

— Je me demandais quelle puissance il fallait à une tempête pour te ramener vers Paris, marmonna-t-elle.

— Aucune tempête ne me renverra là-bas alors continue de souffler, mais dis-moi tout de même ce qui te tracasse.

— Je commence à en avoir marre de ces gens qui ne balancent que des bouts d'informations ou n'ouvrent pas la bouche du tout parce qu'ils ne réalisent pas les répercussions de leurs actes. J'ai l'impression que nous sommes à deux doigts d'une vérité que nous avons sous le nez et ça m'énerve. Les alibis sont tous aussi mauvais les uns que les autres. Ils peuvent tous être coupables pour diverses raisons. Je sais, je sens qu'on tient le responsable, là, sous les mains et qu'il suffirait qu'un seul de nos témoins crache le morceau. Ils sont tellement tous honteux de ce qu'ils ont fait qu'ils se couvrent mutuellement, espérant que personne d'autre ne dise quoi que ce soit d'encore plus compromettant. Mais bon sang, qu'est-ce qui peut être plus compromettant qu'une liaison affichée sur les réseaux sociaux avec les détails sur les positions effectuées ? Ou alors…

Elle n'eut pas le temps de terminer sa phrase. Leurs téléphones sonnèrent en même temps et Gabrielle décrocha la première.

— Oui, Richard ?

— Le gamin des Tholet a fugué. On retourne les environs. Ethan, huit ans. Sweat rouge ; sac à dos gris ; jean et baskets. Je te renvoie la photo. Il devait aller chez un copain à la sortie de l'école jusqu'à l'heure du dîner. Sa mère ne s'est pas inquiétée plus tôt du coup. On a fait le tour de ses autres camarades ; une patrouille s'est chargée de faire le tour de la famille et de leurs amis dans le même périmètre. Virginie Tholet nous a parlé d'un étang où il allait souvent avec son père à Sury-en-Vaux. Elle est persuadée qu'il est là-bas. Ce n'est pas loin de votre position. C'est à l'étang des Vignes.

Gabrielle coupa l'échange et se pencha vers le pare-brise désormais noyé sous la pluie torrentielle. Les essuie-glaces en peine et l'habitacle secoué, elle perça la tempête jusqu'à la pancarte d'entrée de la destination. Des cascades d'eaux boueuses déboulaient des vignes et explosaient tels des geysers des buses et des fossés déjà pleins. Le sol imbibé depuis des mois n'absorbait plus rien. L'eau déjà trop haute empêchait d'avancer davantage. L'accès goudronné à l'étang était déjà trop loin et impraticable. Gabrielle quitta la voiture pour rejoindre le seul accès à sa portée. Sans réfléchir, Garnier courut à sa suite. Le chemin de terre et de pierre n'était plus visible. Les agents manquèrent plusieurs fois de tomber, s'agrippant aux branches et herbes alentour. Les vagues violentes poussèrent Gab et Garnier au plus bas du village où l'étang et la route la longeant se confondaient désormais. Agrippé à un banc, le jeune Ethan appelait à l'aide, les pieds battant déjà contre le courant. Gabrielle tenta de se redresser pour le rejoindre et plongea involontairement. La tempête s'était abattue trop vite, trop violemment. Plusieurs alertes avaient été données les week-ends précédents sans qu'il ne se passe quoi que ce soit. Aujourd'hui, aucun message n'avait été diffusé. Aujourd'hui pourtant, les maisons des bourgs seraient inondées. Gabrielle atteignit difficilement le banc où se trouvait le marmot paniqué après s'être extirpée de l'espace de pêche. Garnier longea les tables de pique-nique et agrippa à son tour sa collègue pour éloigner tout le monde du déluge par l'arrière du terrain.

***

Domicile de Gabrielle Lorcat, Menetou-Râtel

Sancerre subissait à son tour les cumulus. Après avoir rejoint la voiture, réfugié dans la maison de Gabrielle, Garnier sécha le jeune Ethan, choqué. Dans son sac à dos, l'enfant avait prévu un change, un sandwich jambon-beurre et un plaid.

— Tu pensais aller où comme ça, bonhomme ? demanda Sébastien.

— À la cabane de pêche où papa m'emmenait.

Garnier s'agenouilla devant le petit, compatissant.

— Tu sais que tu as fait très peur à ta maman. Tous les gendarmes t'ont cherché.

L'enfant se mit à pleurer et Garnier le porta jusqu'au salon où Gabrielle avait dégagé les draps des meubles et du canapé. Elle lui tendit un chocolat chaud et prit place à ses côtés.

— Maman va être en colère, pleura Ethan.

— Il y a des chances, mais c'est parce qu'elle t'aime, consola Gab. On l'a prévenue que tu étais à l'abri. Dès que l'orage sera passé, tu pourras rentrer chez toi. Pourquoi as-tu quitté la maison ?

— Ils n'arrêtent pas de dire des mensonges !

Gab et Garnier se dévisagèrent.

— Qui « ils » ? Les gens à l'école ? Tes copains de classe ?

Gab et Garnier avaient craint depuis le début ce genre de répercussion et la traînée de poudre derrière les partages intempestifs sur les réseaux sociaux. Il y avait peu de pitié dans le monde adulte, encore moins dans une cour d'école. Ethan remua la tête et avala une première gorgée.

— Les grands à la maison.

— Que racontent-ils comme mensonge ? Tu as peut-être mal compris. Je pense que tout le monde est triste de ce qu'il s'est passé.

— Justin, il n'est pas triste ! Il est méchant.

— Justin est venu chez toi ?

— C'est le copain de Romy.

Les agents replacèrent les femmes de la famille Ruffat temporairement hébergées chez Virginie Tholet.

— Ils se sont criés dessus, déplora Ethan.

— Les adultes se disputent parfois. Ce n'est pas forcément méchant, tempéra Garnier. Romy et Justin sont jeunes et ont fait quelques bêtises ces derniers temps. On est en train de régler le problème. Tu ne dois pas t'inquiéter pour ça.

— Oui, mais Romy a dit à Justin que c'était sa faute si papa était mort et lui, il a dit que ce ne serait pas arrivé si elle n'avait pas couché avec !

Le corps fut secoué de sanglots et la tasse échappa des petites mains, rattrapée de justesse par Garnier tandis que Gabrielle s'était figée. Elle se releva après un regard rapide vers son collègue et rejoignit la porte-fenêtre pour constater les dégâts. Le ciel au loin était encore noir. La terrasse voisine avait été balayée. La table et les chaises qui se trouvaient dessus flottaient désormais un peu plus loin. Garnier poussa Ethan à s'allonger et le recouvrit d'une couverture. Exténué, il plongea dans les bras de Morphée rapidement.

— Tu devrais te changer, suggéra-t-il en frottant les épaules de la propriétaire des lieux.

— Tu réalises l'impact sur ce gosse ? s'insurgea-t-elle sans prendre en compte le conseil. Bon sang, mais les gens ne font attention à rien.

Elle pouffa nerveusement en secouant la tête.

— C'est pour ça que Justin Tréaud était en colère. C'est pour ça qu'il s'est débarrassé du carnet. Et c'est un excellent mobile pour régler ses comptes avec Tholet. Ce n'était pas sa mère qui avait couché avec Tholet, mais sa petite amie, Romy.

— Tu crois donc à la liaison avec la fille de ses meilleurs amis.

— Tu as lu les carnets ?! s'étonna-t-elle. Tu crois vraiment que quelque chose l'aurait arrêté ou gêné ? Il y avait autant de filles à peine majeures que de femmes de son âge sur sa liste.

— Nous avons désormais suffisamment d'informations pour ramener Justin et Romy au poste.

Un grognement parvint de l'étage. Gabrielle escalada les quelques marches et rejoignit le petit brutalement réveillé par un cauchemar. Il rouvrit les yeux, coincé entre deux énormes peluches.

— Tu as un petit garçon ou une petite fille ? demanda-t-il, curieux.

— Aucun des deux, répondit Gab en s'asseyant près de lui. Tu vas te moquer de moi, mais ce sont mes peluches.

L'enfant sourit.

— Je les ai toutes gardées. Celle-ci a presque trente-cinq ans, dit-elle en désignant un grand ours gris.

Ethan observait de son cocon douillet.

— Papa ne voulait pas de peluche à la maison, se plaignit-il alors. Il disait que ça ne faisait pas petit garçon et qu'il n'en avait jamais eu.

— C'est bien dommage, répondit Gab. Tous les enfants devraient avoir au moins un énorme lion pour s'endormir dessus.

Elle mima le rugissement en donnant la vie à sa peluche féline qu'Ethan agrippa aussitôt.

— Papa ne reviendra jamais ? demanda-t-il après un bref instant de sérénité.

— Non.

Elle avait choisi la clarté plutôt que le silence et les mensonges qu'il avait déjà entendus chez lui et partout ailleurs, avec la fuite pour conséquence.

— Le mien, je ne l'ai jamais connu, expliqua-t-elle.

Il tourna le visage vers elle, intrigué.

— Il était où ?

Elle secoua la tête et souleva les mains.

— Je n'en ai aucune idée. Il est parti avant ma naissance.

— Et tu as fait comment ?

— J'ai grandi, répondit-elle comme une évidence. J'ai appris à me débrouiller avec ma maman.

Le corps toujours enfoui au milieu des animaux factices, l'enfant resta muet un long moment à dévisager son hôtesse.

— Et maintenant tu es forte et tu attrapes les méchants, conclut-il.

— Et maintenant je suis forte et j'attrape les méchants, répéta-t-elle.

— Tu les attrapes toujours ?

— Toujours.

— Tu vas trouver qui a enlevé mon papa ?

— Je vais tout faire pour.

— Tu crois qu'il était méchant ?

Gab imagina ce que l'enfant avait pu entendre de la bouche de sa propre famille et d'inconnus. À son âge, elle savait que certaines choses étaient hors de portée et que, pour l'instant, apaiser la situation restait la priorité. Elle faisait partie de ceux qui avaient bien conscience que les enfants avaient aussi une mémoire et que chaque geste et chaque parole avaient un impact.

— Je crois que personne n'est parfait. Je crois qu'il ne faut pas écouter ce que les gens disent autour de toi pour l'instant. Beaucoup sont tristes. D'autres sont en colère. On a toujours tendance à dire des choses qu'on regrette dans ces moments-là. Et puis, ici, tu sais… les gens parlent, parlent et parlent, mais pas toujours pour dire des choses très intelligentes et très, très souvent sur des sujets qu'ils ne connaissent pas vraiment. Les personnes qui se mêlent de tout ont souvent des vies tristes et cherchent ce qui va mal chez les autres pour se réconforter. En ce moment, mon collègue et moi, nous enquêtons sur celui qui a fait du mal à ton père. On se fiche des ragots inutiles. Ne t'en occupe pas non plus.

Il acquiesça avant de s'enfoncer de nouveau entre les longues pattes de la faune de coton.

Gabrielle repoussa légèrement la porte et tomba nez à nez avec Garnier.

— Quel sens de la diplomatie avec les enfants, murmura-t-il.

— Tu croyais que je les torturais la semaine avant de les manger le week-end ?

Il sourit, les bras croisés, l'épaule contre le mur de l'escalier.

— Tu n'en as jamais voulu ? demanda-t-il.

— J'en ai déjà un à gérer, répondit-elle rapidement en le fixant.

— Me voilà rassuré.

À la fois amusée et étonnée, elle souleva des sourcils interrogatifs.

— Je veux être le seul que tu bordes le soir, taquina-t-il.

— Ça ne m'étonne pas de « monsieur » Garnier, dit-elle avant de le pousser à rejoindre le rez-de-chaussée.

— Ton avis s'est donc radouci au sujet de Tholet ? demanda-t-il.

— Non. Tu penses que j'aurais dû dire à Ethan que « papa » était un gros queutard qui jouait avec les sentiments des autres et promettait la lune à toutes les femmes du coin dans le simple but de guérir ses problèmes d'ego et de libido débordante ?

— Effectivement. Tu as eu raison de te montrer diplomate, conclut-il sur ce sujet. Et ton père à toi ? Tu avais déjà tenté de le voir une fois à Paris. Tu n'as jamais réessayé ?

— Il n'a jamais cherché à me rencontrer. Pourquoi devrais-je faire l'effort ? Je ne suis pas en manque de quelqu'un que je n'ai jamais connu.

— Et cette tour Eiffel… penses-tu que nous aurons l'occasion d'en voir le sommet un jour ?

— Je me méfie des hommes qui promettent toujours des « sommets », répondit-elle, amusée.

***

Gendarmerie de Sancerre

Les sirènes résonnaient. Des arbres effondrés barraient certaines routes et rendaient les évacuations compliquées. Le niveau de l'eau redescendait peu à peu. Les caves de vignerons se vidaient à coup de larges raclettes. Julien guettait le retour de Gab et Garnier aux côtés de Virginie Tholet. À l'arrivée de la voiture, Ethan s'en extirpa et courut vers sa mère.

— Mais où as-tu eu cette énorme peluche !? s'étonna-t-elle.

— C'est Gab ! lança-t-il sans lâcher son nouveau jouet.

— Mais enfin, pourquoi es-tu parti tout seul !?

Tandis qu'Ethan subissait les foudres de sa mère inquiète, Julien interpella ses collègues à son tour, fier de ses dernières trouvailles. Ses heures de lecture sur le site de rencontre avaient enfin porté leurs fruits.

— Dans le fourbi de messages envoyés à Tholet sur le site de rencontre, une femme a pris rendez-vous avec lui pour le soir du meurtre.

Les mains de Gabrielle retombèrent sur ses genoux et ses yeux s'écarquillèrent.

— C'est une très bonne nouvelle ça, non ? Et tu continues de bouder !?

— C'est un faux compte. Tholet ne devait pas être si futé. J'ai fouillé un peu sur la toile et ai trouvé la photo de profil utilisée sur un autre compte qui n'a rien à voir. Le questionnaire de présentation est une blague d'un bout à l'autre. Aucune information n'est vérifiable. Le site est gratuit pour les femmes. Du coup, on ne pouvait pas remonter par les coordonnées bancaires. J'ai refait l'historique de toute la conversation avec Richard. Échange banal. Rien de révélateur. En fait, rien ne garantissait même que ce soit une femme derrière le pseudo. J'ai obtenu l'adresse IP. Et voilà, l'adresse !

Il exhiba le post-it avec un large sourire et les yeux brillants.

— J'ai vérifié, dit-il. Son nom est présent dans le deuxième calepin.

***

Nevers, Nièvre

Alexandra Astiand regardait son linge trempé sur l'étendoir extérieur. Toutes les saisons défilaient sur la même journée. Elle baissa les bras et fit le tour de son pavillon avant d'apercevoir Gab et Garnier au portillon. Ils présentèrent leurs cartes et elle ouvrit, perplexe, les mains tremblantes.

— Il est arrivé quelque chose à mon époux ou mon fils ? paniqua-t-elle.

— Non, madame. C'est au sujet de Fabien Tholet.

Elle fronça les sourcils, plus perdue encore et tendit machinalement le bras en direction de la maison.

— Je ne vois pas en quoi je peux vous aider. Je ne le connais pas beaucoup. Il est commercial chez Valdonne et mon entreprise a eu affaire à lui à plusieurs reprises, mais…

— Il « était », corrigea Garnier. Il est décédé.

Alexandra se reposa sur l'un des tabourets de sa cuisine, sans voix.

— Nous avons retrouvé son corps chemin du « casse-cou » en dessous de l'esplanade de Sancerre. Trois témoins ont entendu une dispute.

— J'aimerais vous dire que cela me surprend, mais…

Elle réfléchit un instant.

— Comment avez-vous trouvé mon nom ? Je ne comprends pas. Je n'ai pas revu Tholet depuis un moment.

— Vous ne suivez pas les actualités ? s'étonna Garnier. Avec les réseaux sociaux…

— Je n'ai pas les réseaux sociaux. Je trouve ça aliénant et j'ai mieux à faire.

— Fabien Tholet tenait un carnet de ses conquêtes sentimentales, expliqua Gab. Quelques jours après sa mort, une personne en a diffusé des morceaux sur internet. Il y a eu plusieurs incidents.

Les yeux d'Alexandra n'en finissaient plus de s'arrondir et sa bouche s'entrouvrit. Garnier observait la femme, cherchant à savoir s'il s'agissait d'une réelle surprise ou d'une excellente comédie.

— Allons droit au but, madame Astiand. Au cours de l'enquête, nous avons découvert que vous aviez ouvert un faux compte sur le site de rencontre où était inscrit Fabien Tholet et que vous vous étiez donné rendez-vous le soir de sa mort. Nous avons retrouvé votre nom sur son carnet.

— Je n'y étais pas ! À Sancerre, le jour du rendez-vous, je veux dire.

— Nous allons avoir besoin de plus de détails, d'un témoin et de votre emploi du temps.

Elle secoua la tête.

— J'ai fait demi-tour. Je voulais le piéger, prouver ce qu'il était. J'ai changé d'avis. Je n'allais pas là-haut pour tuer qui que ce soit… J'ai…

Elle tapota ses poches puis saisit son sac et en vida le contenu.

— Je me suis résignée et je suis rentrée chez moi. Je n'avais plus d'essence. Je me suis arrêtée à l'aire des Vignobles.

— Pourquoi le faux compte ? demanda Garnier. Votre histoire avec Tholet date de plusieurs mois d'après son carnet.

Elle releva la tête, toujours perturbée.

— Il notait quoi dans ce carnet exactement ? Il y a des informations privées ?

— Noms, coordonnées et détails sexuels, répondit Garnier.

Elle éclata d'un rire nerveux, les ongles enfoncés dans le cuir du portefeuille.

— C'est encore pire que je le pensais, souffla-t-elle en reprenant ses recherches. Nous nous sommes rencontrés sur le site internet l'année dernière. J'étais Aphrodite et il était Dionysos. Il prétendait être en plein divorce et je l'étais aussi. Il avait de l'humour, citait des belles phrases sur la vie… J'ai été tellement idiote. On s'est vus un soir. Il s'est passé ce qu'il devait se passer. Quelques jours après, plus de nouvelles. Il m'explique qu'il regrette, que sa femme est revenue vers lui pour lui demander une nouvelle chance et que, malgré l'amour qu'il éprouve pour moi, il veut accepter pour le bien de ses enfants. Il avait l'air si sincère.

Elle extirpa un tas de tickets chiffonnés d'une poche annexe et les étala sur la table pour en regarder les provenances.

— Je les garde pour vérifier mes comptes, mais ils terminent toujours en boule dans le fond de mon sac, expliqua-t-elle. De toute façon, je peux aussi en retrouver la trace sur le site de ma banque…

— Pour le rendez-vous, relança Garnier.

— J'ai appris au hasard d'une conversation avec une amie sur le site qu'il continuait d'« accrocher » des « profils ». Il voulait juste son petit coup d'un soir. J'étais vexée et un peu en colère, mais surtout après moi finalement. Le coup classique… Je me suis fait avoir comme une gamine de quinze ans.

— Tholet savait percevoir les femmes en difficultés sentimentales, dirons-nous, expliqua Gab.

— Merci pour votre façon délicate de le dire, agent Lorcat, mais je sais reconnaître une idiotie quand j'en vois une. Bref… nous aurions pu en rester là, mais j'ai souffert de symptômes étranges dans les semaines suivantes. Le verdict est tombé : Chlamydiose, une bonne vieille maladie sexuellement transmissible. Dans sa forme la plus grave, elle peut provoquer la stérilité. J'étais écœurée. Ce fumier ne s'était pas seulement foutu de moi ; il m'avait aussi transmis une saloperie qu'il avait déjà dû attraper et partager à pas mal d'endroits… Monsieur a prétendu être allergique au préservatif et je sais… j'ai été naïve !

Elle désigna enfin le ticket de carte bleue correspondant à son passage à l'aire des Vignobles pour l'essence. Un deuxième justifia de l'achat de plusieurs friandises dans la boutique. Tandis que Garnier vérifiait les horaires et prenait des photos, Gabrielle tendait toujours l'oreille.

— J'ai attrapé Tholet à son passage suivant à l'entreprise et lui ait demandé des comptes. Il m'a dit que personne ne me croirait, qu'il avait bonne réputation et que c'est moi qui passerais pour une traînée ou une fille aigrie d'avoir été plaquée. Il s'est ensuite radouci, s'est excusé et m'a demandé d'épargner ses enfants et sa femme qui était psychologiquement fragile. J'ai eu le droit à un long discours sur la complexité de sa vie, sur sa soi-disant dépression. Sur le coup, je me suis calmée puis, à la maison, j'ai eu l'impression de m'être fait avoir encore une fois alors j'ai décidé de vérifier. J'ai créé ce faux profil sur le site et je l'ai harponné à mon tour. Je voulais l'enregistrer sur place et, avec les captures d'écran de nos conversations, je voulais aller voir sa femme.

— Pourquoi avoir changé d'avis ?

— Avec mon époux, nous avons décidé de nous donner une deuxième chance. J'ai un travail, un mariage en reconstruction et un enfant. Sur la route, j'ai réfléchi et trouvé idiot de m'acharner après un type manifestement malheureux dans sa vie avec un ego comme le sien. Sa femme et ses enfants auraient sûrement plus souffert que lui.

— Nous n'avons pas de traces d'échanges avec lui comme quoi vous annuliez votre rendez-vous.

— Parce que je ne lui ai rien envoyé. Il se sera fait poser un lapin au moins une fois dans sa vie.

— Nous allons vérifier votre alibi avec les vidéos, trancha Garnier. Nous vous recontacterons très rapidement pour vous dire ce qu'il en est.

— Je n'ai pas tué Fabien Tholet. Et honnêtement, agent Garnier. Je me fiche de la suite de l'enquête. Je suis juste désolée pour ses enfants.

10

Domicile de Gabrielle Lorcat, Menetou-Râtel

Dans la cave de la maison, Gabrielle déposait des pots de confitures offerts par sa voisine. La vieille dame entretenait un gigantesque verger et réalisait en confiture de quoi nourrir toute la rue. Il s'agissait d'une passion. Même avec ses soucis de santé et sa difficulté à garder un si grand terrain, elle s'accrochait, aidée par Gab et ses autres jeunes voisins avec qui elle partageait sa récolte.

Tandis que l'agent alignait scrupuleusement ses bocaux, elle se figea sur les inscriptions sur les étiquettes : le nom des fruits et la date de fabrication. Ce détail la ramena mentalement dans la garçonnière de Tholet et sur la question qu'elle s'était déjà posée. Vu que l'année était inscrite sur les vins, pourquoi rajouter la date exacte sur le goulot. L'hypothèse de la maniaquerie ne lui suffisait pas. Et puis, elle eut une sorte de déclic et regagna l'étage en sautant les marches trois par trois. Elle se saisit du dossier de l'affaire et reprit le chemin du sous-sol. Des pas retentirent derrière elle et elle jeta juste un regard sur Garnier avant de se reconcentrer. Sabine devait la rejoindre pour manger et récupérer quelques pots. Mais l'amie et la ponctualité n'allaient pas de pair.

— Tu réfléchis mieux dans la cave, moqua-t-il doucement.

D'un geste du doigt, elle lui ordonna de se taire et tourna les feuillets avec énergie pour les épingler à un tableau de liège accroché au mur. Il obéit, muet, et longea les parois de la pièce à la recherche de l'entrée de l'ancien tunnel découvert dans leur précédente affaire.

— Binnnnnnnnnnngo ! s'exclama Gabrielle avec un large sourire.

Elle se tourna vers lui et l'agrippa au col pour l'embrasser. Dans son esprit, le baiser de joie se voulait court. Mais, une hésitation traîtresse permit à Garnier de la retenir dans ses bras et d'en réclamer davantage, peu importe ce qu'elle avait pu trouver dans le dossier d'aussi sensationnel. Il plaqua sa collègue contre le liège du tableau et glissa sa langue entre les lèvres enfin siennes. Comme à chacun de leurs échanges, tout basculait sans crier gare, les laissant contrariés, frustrés ou haletants, mais jamais réellement satisfaits. La fraîcheur de la pièce contrastait avec la chaleur ressentie à ce moment précis. Comme lors de cette fameuse soirée à Bué, les gestes étaient fiévreux et laissaient peu de temps à la réflexion sensée. Il avait déboutonné sa chemise avant même qu'elle ne le réalise, griffait son dos et caressait sa poitrine alors qu'elle reprenait difficilement son souffle. Il l'entoura d'un bras et la poussa à s'allonger sur le sol avec lui l'écrasant de tout son corps. De violents frissons la traversèrent lorsqu'elle sentit la main de son partenaire glisser jusqu'à la ceinture de son jean pour la défaire et se glisser sous le tissu. Il se détacha juste assez de sa bouche pour entendre le gémissement timide à la caresse de ses doigts sur le plus sensible morceau de chair. Elle l'entoura de ses jambes, forçant le contact plus poussé de leurs hanches et se frottant contre lui. À bout de patience, il tenta de se débarrasser de son propre pantalon.

— Gabrielle ?

La voix de Sabine Périgeon les fit sursauter sans qu'ils ne se détachent l'un de l'autre pour autant. Peut-être ferait-elle demi-tour sans réponse de leur part ? Malheureusement, les pas se rapprochaient d'eux. La porte donnant sur la cave restée ouverte suggérait la présence de la propriétaire sur place. Ils se redressèrent rapidement et tentèrent de se donner bonne contenance lorsque l'intruse déboula dans les escaliers. Sabine les observa un instant, amusée et décontenancée à la fois.

— Ben oui. Bien sûr. Faites comme si de rien n'était. Vous êtes très crédibles, là, tout de suite. Lui avec les boutons mal raccrochés et toi et tes cheveux en vrac. Je peux revenir plus tard si vous voulez ?

Gabrielle ronchonna puis se saisit de son dossier avant de remonter à l'étage. Garnier la suivit, un sourire sur le visage de gamin fier de sa dernière bêtise.

— Dans la cave ! lui marmonna Sabine sur un faux ton de remontrance. Sérieusement ?

De nouveau dans le salon, Gabrielle éparpilla les photos des caves de Tholet et les pages de ses carnets.

— J'ai eu une révélation, expliqua-t-elle.

— Ah, mais je n'en doute pas, rit Sabine avant de se heurter au regard noir de son amie. OK. Je vais faire un tour dehors avec ma bouffe et je reviens le temps que vous… discutiez de l'affaire.

Sans un mot, Garnier s'approcha de la table et chercha la fameuse trouvaille.

— Les dates étiquetées sur les goulots des bouteilles correspondent aux dates des carnets. Chaque achat de bouteille représente une nouvelle fille sur son tableau de chasse.

Il tira la chaise voisine et replaça chaque photo avec sa page concordante.

— OK, constata-t-il. Donc, si je te suis, la bouteille de Bordeaux faisait partie de cette collection. Son emplacement correspond donc à…

Il attrapa le carnet bleu, rescapé de l'inondation.

— … à rien du tout. Les pages de cette période sont quasiment illisibles.

— On arrive à déchiffrer le numéro de portable.

— Admettons, rien ne nous dit que cette bouteille n'a pas été prise au pif dans la garçonnière par la personne qui a tué Tholet.

— Tu es vraiment…

Elle grimaça en cherchant ses mots.

— … un sale rabat-joie ! cracha-t-elle tandis qu'il riait de son énervement.

— Mais bon sang, répondit-il. Pourquoi un Bordeaux !? Et puis, si cette histoire date de vingt ans, quel intérêt de se venger maintenant ?

Elle l'ignora et prit son portable pour contacter Julien.

— On est dimanche après-midi et il est en rendez-vous, expliqua Garnier.

— En rendez-vous de quoi ?

— Galant. Avec la page quarante-trois du carnet numéro deux.

— Tu es sérieux ?

— Elle est venue au poste pour les interrogatoires et ils ont eu un gros coup de cœur.

Gab insista jusqu'à tomber sur le répondeur et laisser les directives au jeune informaticien.

— Non, mais il n'y a pas de soucis, s'amusa Garnier. Ils sont majeurs et vaccinés.

Gabrielle fronça les sourcils et s'enfonça dans sa chaise, perdue dans ses réflexions. Malgré le brouillard, elle sentit le regard insistant de son collègue.

— On en parle de ce qu'il s'est passé en bas il y a vingt minutes ? tenta-t-il.

Il se pencha vers elle et reposa son menton sur son épaule avec l'expression d'un chien battu.

— La vie est courte, Gabrielle. Ne perds pas de temps avec une personne qui ne te correspond pas pour éviter de t'engager avec ce qu'il te faut vraiment juste parce que tu as la trouille.

— Je croyais que c'était Abel, le psychologue dans notre équipe, moqua-t-elle.

— Je ne partirai plus, se contenta-t-il de répondre.

Il huma ses cheveux avant de déposer un baiser sur sa joue.

— Je suppose que je dérange encore ? demanda Sabine de retour.

***

Poste de gendarmerie de Sancerre

Julien rayonnait. Droit sur sa chaise, derrière son bureau, il attendait, pressé de l'arrivée du reste de l'équipe. Lorsque Gab passa l'entrée, elle ne s'attendait d'ailleurs pas à le trouver déjà sur place. Il n'avait envoyé aucune réponse à sa requête de la veille sur le numéro de téléphone. Elle n'avait pas insisté. Une fois Richard et Garnier près d'eux, l'informaticien tourna son écran et désigna une information du bout de son stylo.

— Le numéro de portable griffonné et tout baveux de votre carnet appartient depuis vingt-deux ans à Michèle Trochet.

— Michèle, répéta Garnier. Et Michèle habite dans le coin ?

— Et non ! s'exclama Julien. Elle habite à Bordeaux. Toujours la même adresse. La petite dame a même une page Facebook. Elle a fêté ses soixante-trois ans le mois dernier.

— Soixante-trois ans ?! À l'époque de sa page de carnet, elle avait donc la quarantaine et Fabien Tholet, la vingtaine, dit Richard.

— Vu les profils dans le carnet, serait-ce si surprenant ? demanda Garnier.

— Il y avait beaucoup plus de jeunes que de plus âgées, nota Gabrielle.

Julien ne se déparait pas de son large sourire.

— Toi… ou la soirée d'hier a été très bonne ou tu joues du suspense sur une autre information, devina Garnier.

Le gamin ouvrit la page Facebook de Michèle Trochet et fit défiler les publications jusqu'à tomber sur les photos de famille prises lors de son anniversaire. Elle apparaissait bras dessus bras dessous avec deux jeunes femmes et un jeune homme. La légende racontait qu'il s'agissait de ses trois enfants. Gab, Garnier et Richard se penchèrent sur les trois visages jusqu'à bloquer sur celui de la fille d'une vingtaine d'années. Garnier comprit que, si le portable se trouvait au nom de Michèle Trochet, la propriétaire devait probablement être celle qu'il supposa être sa fille.

— Tiens donc…

***

Lycée Cosne-sur-Loire,

Romy Ruffat sortit au côté de Justin. L'ambiance restait glaciale malgré leur besoin de ne pas se séparer. Au moment de rejoindre son bus, il s'approcha d'elle et tenta un baiser qu'elle esquiva. Il baissa la tête, lança son sac à dos sur son épaule et s'engouffra dans le véhicule, non sans un dernier signe vain de la main.

Lorsque Romy se tourna, elle fit face à Gabrielle, seule pour l'occasion, et fut certaine de comprendre le but de sa visite. Elles se dirigèrent instinctivement vers le bord de Loire, à pas lents.

— Je suppose que si vous aviez de vraies preuves de quoi que ce soit, je serais déjà au poste, dit-elle.

— Je suis effectivement là pour discuter, répondit Gabrielle. Nous cherchons à comprendre ce qu'il s'est passé exactement ce soir-là. Beaucoup de noms ont été salis et il y a beaucoup de répercussions pour les personnes concernées, pour celles de ton entourage. Le but est de découvrir la vérité pour enfin stopper les dégâts.

Gabrielle se montrait douce et diplomate, consciente que l'attaque n'avancerait à rien et n'amènerait qu'agressivité et retranchement. Elle s'était convaincue qu'entre filles, l'échange serait plus facile et avait donc volontairement écarté Garnier.

— Le petit Ethan s'est enfui après avoir entendu ta dispute avec Justin sur ta liaison avec Fabien Tholet.

— Oh je suis au courant, merci. Virginie nous a virés de chez elle. Je ne lui en veux pas. Nous sommes de nouveau à la maison ou ce qu'il en reste.

Les larmes montaient doucement, noyant progressivement les pupilles claires.

— À ton âge, il est difficile de percevoir les gens comme ils sont réellement, consola Gab.

— Vous voulez dire que je suis une idiote aussi, c'est ça ?

— On l'est tous un peu lorsque l'on est amoureux.

Romy s'essuya le visage puis recouvrit ses mains de ses manches trop longues.

— Je crois que tu as vu un nom que tu connaissais dans ce carnet et que ça t'a blessée, continua Gab.

La jeune femme stoppa sa marche et se reposa sur le banc à proximité. La Loire était magnifique et brillante. Le pont bleu s'imposait et subissait la circulation de la fin de la journée de travail.

— Ma mère, avoua-t-elle. J'ai vu le nom de ma mère.

Elle sanglota de nouveau et ses manches déjà humides essuyèrent de nouveau les flots de larmes.

— Vous savez, je m'en fichais presque, dit-elle.

Elle posa ses mains sur son ventre et respira profondément.

— Je croyais qu'il m'aimait. Je croyais que je représentais autre chose à ses yeux vu qu'on se connaissait depuis toujours. On était déjà une famille. Je me fichais de la différence d'âge. La première fois qu'il m'a emmenée à Narcy, il m'a dit que c'était notre secret, qu'absolument personne d'autre n'avait vu cet endroit et que c'était son antre à lui tout seul et maintenant à moi aussi. Comment j'ai pu être aussi conne. Un jour, il a laissé traîner son calepin et j'ai compris. J'étais enceinte, merde. Quand je lui ai dit, il m'a dit qu'il fallait que j'avorte, que ce n'était pas raisonnable, qu'il paierait tout et qu'on ne devait rien dire à personne.

— Mais tu en as parlé à ta mère, continua Gabrielle. Tu sais, c'est normal qu'elle ait voulu te protéger.

Romy resta silencieuse un long moment, plongée dans les vagues devant elle.

— C'est moi qui ai tué Fabien, dit-elle. Je venais de perdre le bébé. J'ai dit à ma mère que j'étais malade ce soir-là et j'ai confronté Fabien. Je ne voulais pas le pousser, mais il a eu un geste de colère quand je lui ai demandé des comptes et j'ai eu peur. Je l'ai repoussé et il est tombé. Je suis rentrée immédiatement après ça. Ma mère pensait que je dormais dans la chambre. Je suis rentrée par ma fenêtre. Elle dormait déjà.

— Pourquoi avoir emmené la bouteille ? demanda Gabrielle.

— La bouteille ?

— Il avait une bouteille ce soir-là, expliqua Gab avec une lenteur appuyée.

— Fabien aime le Sancerre. Il en avait toujours une bouteille à la main, répondit-elle. J'ai voulu l'attirer ce soir-là avec la dernière cuvée. Quelle importance ?

Gab plissa les yeux, sans un mot de plus. Romy Ruffat était décidée.

***

Poste de gendarmerie de Sancerre

Garnier se balançait sur sa chaise, comme d'habitude, et s'impatientait du retour de Gabrielle. Sans preuve scientifique, il fallait des aveux. Ils avaient encore un doute sur la personne qui leur offrirait ce précieux Graal sur un plateau d'argent. Gab arriva enfin au bureau. Deux collègues accompagnèrent Romy dans une pièce à part pour mettre sur papier ce qu'elle avait expliqué plus tôt.

L'agent prit place à son propre bureau, une expression neutre sur le visage.

— Elle s'accuse du meurtre de Tholet, dit-elle finalement.

— Et pourquoi cette fin ne te satisfait pas ?

— Elle dit qu'elle lui a offert la bouteille de Sancerre qu'il avait ce soir-là.

— La fameuse bouteille…

— La fameuse bouteille qui, comme on le sait maintenant, ne représentait pas n'importe quoi ou n'importe qui et qui n'était pas du tout du Sancerre. Quel intérêt pour Romy Ruffat de mentir là-dessus alors qu'elle a avoué être au courant pour la liaison avec sa mère, qu'elle a avoué être tombée enceinte et avoir perdu le bébé et aussi avoué avoir poussé Tholet par-dessus la rambarde. Elle n'était pas à un détail près.

— Donc…

— Donc si elle ne savait pas quelle bouteille particulière il avait ce soir-là, c'est tout simplement parce qu'elle n'y était pas et qu'elle protège quelqu'un qui était au courant de son secret. Une personne qui l'aimait et qui a voulu la protéger. Pourquoi ne pas régler un vieux compte au passage ?

— Et tout le monde sait à quel point les femmes peuvent être protectrices de leurs enfants et rancunières, chantonna Garnier.

Gabrielle se contenta d'un sourire en relevant un sourcil d'évidence.

— Garder Romy ici est bien sûr stratégique, conclut Garnier.

***

Domicile de Karen et Laurent Ruffat

Forcée à regagner sa maison, faute de mieux, Karen était vautrée dans le sofa, un verre de vin à la main, les yeux aussi rouges que le liquide qu'elle remuait doucement dans sa coupe.

Comme Virginie, elle avait presque tout perdu. Gabrielle et Sébastien se tenaient devant elle et elle en paraissait presque soulagée. Laurent Ruffat observait de la cuisine, ne sachant s'il était concerné ou non par cette nouvelle visite.

— Oh, je n'ai rien à cacher à mon époux, se vanta-t-elle. Je veux qu'il reste.

Laurent, gêné de cette insistance, consentit tout de même à la demande silencieuse de sa femme de s'asseoir près d'elle. Ils joignirent leurs mains. Si l'un le faisait par soutien, l'autre était plus sombre dans sa démarche.

— Avec tous les hystériques qui règlent leurs comptes dans Sancerre, vous n'avez pas mieux à faire ? demanda Karen.

Elle était calme et glaçante. La mâchoire crispée trahissait une certaine tension. Gabrielle n'avait pas manqué ce détail. Un énorme bouquet de fleurs trônait sur la table de verre. Le regard vitreux ne se détournait pas de l'agent. Pourtant, ils étaient deux face à elle. Dans la rancœur apparente, Gab crut percevoir un appel au secours, presque une demande de solidarité.

— Fabien Tholet a eu une liaison avec votre fille, récapitula Gabrielle.

L'époux Ruffat écarquilla les yeux, trahissant son ignorance sur le sujet. Karen baissa les siens lorsqu'elle sentit les doigts de Laurent lâcher leur prise sous le coup de la surprise.

— C'est pour ça que vous l'avez interrogée ? demanda Karen.

— C'est pour ça que nous l'avons arrêtée, ajouta Garnier.

Le couple se décomposa et Laurent se releva de sa chaise.

— Elle s'accuse de la mort de Tholet, continua l'agent.

Pour la première fois, Karen Ruffat vacilla et des larmes apparurent, péniblement contenues, accrochées à ses cils.

— C'est faux, dit-elle, le souffle coupé.

Laurent restait choqué et silencieux, la bouche ouverte, dans l'embrasure de la porte.

— Vous ne pouvez pas prouver ça, affirma Karen. N'importe quel avocat pourra démonter cette accusation…

— Vous n'avez pas bien compris, madame Ruffat, corrigea Garnier. Elle a signé des aveux. Nous avons également sa position ce soir-là grâce à une application sur son portable.

La poitrine de la mère accusait des mouvements saccadés et, dans un élan désespéré, elle chercha son mari des yeux avant qu'ils ne s'assombrissent une nouvelle fois à une simple phrase.

— Fabien n'aurait pas osé toucher Romy, dit-il.

Elle ferma la bouche, avala sa salive et serra les poings sur la table.

— Parce que pour ça aussi tu vas le défendre !? On accuse Romy de meurtre et la seule personne que tu défends, c'est lui !? Es-tu bête à ce point-là ? Penses-tu que moi je le sois ? Tu connaissais Fabien. Combien de fois l'as-tu couvert pour qu'il aille sauter je ne sais quelle pauvre fille dans le dos de ses ex ou de Virginie ? Tu crois que je n'étais pas au courant que vos soirées tranquilles à la cabane ne se déroulaient pas ensemble comme vous le prétendiez ?

— Il n'y a eu qu'une seule femme et c'était ce soir-là, je te le jure, se défendit Laurent.

— Menteur ! cracha-t-elle en balayant le vase de la table.

Le verre se brisa sur le sol. Les roses s'écrasèrent aux pieds de celui qui les avait achetées.

— J'ai longtemps été aussi naïve que Virginie. Mais j'ai ouvert les yeux. Je voulais préserver ma famille, mes filles, s'expliqua-t-elle, effondrée. Mais quand Romy a fait ce malaise et que j'ai découvert pour sa grossesse… J'étais furieuse. J'ai accusé Justin d'avoir été imprudent et irresponsable. Il m'a avoué qu'ils n'étaient plus ensemble et qu'elle voyait quelqu'un d'autre. Elle refusait de me dire de qui il s'agissait jusqu'à ce qu'elle revienne un soir, en pleurs et choquée. Elle avait été voir Fabien dans sa foutue garçonnière pour lui parler de la grossesse et elle est tombée sur une autre fille, sans surprise. Elle suffoquait. Le stress, le bébé... Elle m'a dit que c'était lui. Elle m'a avoué pour le carnet et avoir tout compris. Je me suis pointée dans son taudis pendant son absence et j'ai récupéré la bouteille... Je ne voulais plus rien qui nous relit à ce porc.

Les larmes cessèrent et elle se mordit les lèvres, de plus en plus énervée.

— C'est vous qui vous êtes rendue sur l'Esplanade cette nuit-là, dit Gabrielle.

Karen cligna des yeux en signe de oui.

— J'ai envoyé un simple mot en utilisant le compte Snapchat de Romy. Il est venu, tout fringant, toujours si pédant. Quand il m'a vue avec son précieux trophée daté à la main, il a compris que je savais. J'en ai remis une couche pour la grossesse de Romy et il s'est décomposé. Il a prétendu que l'enfant n'était pas de lui et puis, qu'après tout, je n'avais qu'à surveiller les fréquentations de ma fille, qu'elle avait les mœurs un peu trop légères depuis sa majorité. Romy... c'est un ange, agent Lorcat. Elle n'avait connu personne d'autre que Justin jusqu'à ce que Fabien ne lui serve les mêmes salades qu'à toutes les autres. Il la traînait dans la boue comme toutes celles qu'il avait discréditées avant. Je connaissais trop bien la méthode.

— Pourquoi ne m'en as-tu pas parlé à moi ?! s'insurgea Laurent.

Elle s'affala sur le dossier du sofa, vidée de toute force.

— La discussion a dégénéré, poussa Gabrielle.

— Il a essayé de me frapper et je me suis défendue, murmura Karen.

— Pourquoi a-t-il tenté de vous frapper ?

Elle tourna le visage vers son mari, résignée.

— Quand je t'ai rencontré, je savais que tu étais un coureur de jupons. Mais j'étais amoureuse et je pensais que tu avais changé pour moi. Je doutais énormément. Je n'avais aucune confiance en moi. Fabien m'a tendu une épaule. Il était adorable, présent et sympathique, moqua-t-elle. Je lui confiais mes doutes et il me confiait les siens. Un soir d'une dispute avec toi, je me suis réfugiée chez lui. Nous avons couché ensemble. C'était une seule nuit. Une seule fois. Il m'a dit qu'il n'en parlerait jamais, qu'il avait trop de tendresse pour moi, que j'aurais été celle qu'il aurait choisie s'il n'avait pas été aussi perdu et sans avenir. Toutes ces fadaises… Je lui ai offert moi-même la bouteille de Bordeaux. Je ne voulais pas être une bouteille de Sancerre de plus sur son étalage. Et puis, toi et moi nous sommes remis ensemble et cette aventure était derrière moi. Et dire que j'ai longtemps culpabilisé à cause de ça alors que, de ton côté, tu avais déjà un beau palmarès de conneries. Sur l'esplanade, ce soir-là, Fabien a perdu son masque de sympathie. Il m'a accusée d'être jalouse de ma propre fille, que je n'avais pourtant pas à rougir et qu'elle avait hérité de mon savoir-faire au lit. Il avait un coup dans le nez. Rien de tel pour révéler le vrai visage d'un beau salaud. Mais je l'ai mouché. Cette enflure était tellement autocentrée qu'il n'a jamais compris que ma fille était aussi la sienne.

Les jambes de Laurent Ruffat plièrent et Garnier le poussa sur une chaise. Les joues devinrent rouges et une veine traversa le front humide. Karen s'adressa de nouveau à Gabrielle.

— Il m'a accusée de mentir. Il m'a traitée de tous les noms. J'avais fait un test il y a bien longtemps. Je pouvais lui prouver. Il est devenu fou, s'est approché de moi avec ses poings. Mais j'ai esquivé et je l'ai poussé contre la rambarde. Je ne suis pas allé là-haut pour le tuer. Rien n'était prémédité. Je voulais protéger mon enfant et écarter Fabien de notre vie une fois pour toutes. Nous méritions toutes qu'il dégage de nos vies. Il faisait le mal autour de lui et s'en foutait complètement. Romy n'est pas au courant pour leur lien de parenté. Je vous en supplie. Elle est déjà détruite.

Laurent Ruffat ne bougeait plus, respirait à peine. Sa femme le dévisagea une dernière fois.

— Allons chéri, « toute cette comédie pour une simple histoire de cul, c'est débile. On ne va pas se rendre malade pour ça », reprit-elle comme lui-même l'avait décrété plus tôt.

Karen Ruffat quitta le domicile, entourée de Gab et Garnier, pour rejoindre le poste tandis que Ruffat restait prostré au milieu de son salon, seul.

ÉPILOGUE

Le visage de David Grandjean reflétait dans la glace. Gabrielle admirait ce mélange de sérénité et de beauté simple. Jamais ne cessait cet étonnement devant la ressemblance des hommes de la famille au même âge. L'enquête Brassard revenait dans son esprit. La première fois qu'elle était entrée dans la chambre de Manuel Hermoza, seul témoin d'un mystère à résoudre en urgence, les photos au mur éclaboussaient de leur bonheur et d'une certaine nostalgie. Germain Roger, prêtre de la paroisse à la sortie de la guerre, avait perdu la vie en voulant protéger les enfants de la famille Hermoza. Il aimait une femme pour laquelle il souhaitait renoncer à l'église. Il croyait que chaque blessure et chaque injustice pouvaient se réparer. Le destin et la haine d'une femme privèrent le bienfaiteur de connaître son enfant et cette vie souhaitée.

Gabrielle réalisa que ce qui l'attirait chez David venait de ce sentiment de sécurité et paix et non d'amour réel. Se devinant observé, il tourna le regard vers elle et se leva pour la rejoindre. Les mains dans les poches, l'expression douce et assurée, il sourit.

— Il est plus facile de se séparer des gens lorsqu'on a quelque chose à leur reprocher, dit-il avec tendresse.

Elle expira, attristée.

— Nous deux, c'était une bulle d'air frais dans nos vies, une parenthèse nécessaire et géniale, continua-t-il. Tu es la première depuis la mort de ma femme et je croyais être prêt. Je ne le suis peut-être pas. Mais surtout, et je ne dis pas ça pour minimiser ma propre décision, je crois que je ne suis pas celui avec qui tu devrais être.

Elle l'écoutait, les yeux brillants d'émotion. Elle, pourtant si pudique, ne ressentait ni honte ni peur à exprimer quoi que ce soit devant lui.

— Ça devrait être interdit d'être aussi adorable et intelligent, se plaignit-elle.

Il s'approcha et entoura le visage diaphane de ses mains pour déposer un baiser sur le front entre les mèches de cheveux.

— Tu ne devrais pas culpabiliser. Ce n'est pas comme si tu tombais dans le cliché de te séparer du gentil garçon pour courir dans les bras du rebelle au sale caractère, rit-il. Garnier est un bon aussi.

Elle grimaça. Il en rit.

***

Domicile de Virginie Tholet

Virginie replaça le drap sous le menton d'Ethan. Dans la chambre voisine, Amandine, trois ans, dormait également à poings fermés. De nouveau seule personne adulte dans la maison, elle en fit le tour, observée par Garnier venu déposer des effets personnels appartenant à Fabien. Plus aucun n'était nécessaire à l'enquête. Elle scrutait le sac plastique, peu intéressée par ce qu'il contenait.

— Vous ne devriez pas rester seule en ce moment, conseilla Sébastien. Vous avez de la famille dans la région ? Des amis ?

Virginie sourit poliment, consciente que l'agent souhaitait bien faire, mais ne put s'empêcher de le trouver maladroit.

— Ma vie tournait autour de Fabien et de nos enfants, des amis de Fabien que je croyais aussi être les miens. Aucune des personnes qui m'ont serré la main ou ont pénétré chez moi au cours des dernières années n'a été sincère avec moi. Bien triste constat, n'est-ce pas ?

Elle désigna les cadres photos accrochés à divers endroits du salon et de la cuisine. Toutes leurs dernières vacances communes avec la famille Ruffat s'exposaient entre autres clichés du couple.

— Si cela ne tenait qu'à moi, plus rien ne serait accroché aux murs en dehors de mes enfants seuls. Si l'on m'avait dit un jour que j'en serais là avant mes quarante ans. Ethan est encore trop jeune pour comprendre. Quel gâchis. Pensez-vous que je suis la dernière des idiotes ? J'ai toujours été incapable de vivre seule. J'ai toujours pensé que le bonheur ne fonctionnait qu'à deux. Je n'ai jamais été célibataire. Lorsque j'ai rencontré Fabien, j'ai tout plaqué pour venir ici, sans discuter.

— Il n'est jamais trop tard pour reprendre sa vie en main, assura l'agent.

— Arrivé à un certain âge, c'est plus difficile. Avez-vous eu à le faire ?

— J'ai passé plus de trente ans à Paris. J'étais en couple depuis pas mal d'années avec ma compagne. J'ai eu une enquête plus tortueuse que les autres et j'ai tout remis en question. J'ai tout plaqué et je suis venu ici. C'était étrangement plus facile que je le pensais. De nouveaux paysages, de nouveaux visages…

— J'ai également prévu de déménager. Je retourne dans la région où se trouvent mes parents et ma sœur. Je pense également suivre une thérapie, dit-elle avec une certaine fierté. Je ne veux plus refaire les mêmes erreurs ou même affecter d'une façon ou d'une autre mes enfants. J'ai pris du temps pour réfléchir à Fabien, ce qu'il était et comment cela avait affecté autant de monde. Je crois que si ses propres parents l'avaient aimé comme ils auraient dû, il aurait été meilleur. Il n'aurait pas eu besoin de compenser n'importe comment. Amandine et Ethan n'ont pas à payer pour ça. Je dois avancer.

Elle posa ses yeux sur une photo d'elle sur la même serviette de plage que Karen Ruffat puis la déchira.

— Elle va bientôt passer en jugement, expliqua Garnier.

— L'issue du procès ne m'intéresse pas. C'est étrange. Je crois pourtant que je ne lui en veux pas plus que ça. Pour la mort de Fabien, je veux dire. Je crois qu'à sa place, j'aurais fait pareil. Mais je ne me vois pas reprendre pied avec ces personnes. Merci d'avoir su résoudre cette enquête, agent Garnier. Remerciez également votre collègue pour sa gentillesse avec Ethan et sa peluche. Il ne la quitte plus.

Il acquiesça et quitta la propriété qui serait bientôt à vendre. Virginie extirpa le portefeuille de son défunt époux du sac plastique et l'ouvrit. Aucune photo d'elle. Dans la poche servant à la monnaie, quelques pièces de centimes et l'alliance de Fabien. Le soir de sa mort, il l'avait retirée de son doigt et rangée là. Elle n'en fut plus étonnée. Elle fit glisser la sienne de son annulaire et la plaça au même endroit, de nouveau dans le sac plastique. Plus tard, le tout rejoindrait le restant des affaires désormais encombrantes.

***

Domicile de Gabrielle Lorcat, Menetou-Râtel

Les travaux terminés, Gab se balançait dans le rocking-chair, le sourire aux lèvres. Terminer sa journée avec une enquête résolue et dans le confort d'une maison propre et réconfortante se révélait satisfaisant. Elle s'inquiétait étrangement du manque de nouvelles de Garnier, mais se tut. Sabine attendait sur le sofa lui faisant face tout en triant les divers DVD. Beaucoup d'affaires récupérées à l'ancienne maison de Gabrielle sentaient encore le brûlé.

— Comment c'est possible !? Sérieusement ! s'exclama l'amie. Ça fait plus de quatre ans et ces trucs empestent encore. On ne t'a jamais dit d'aérer ta maison de temps en temps ? Pourquoi n'as-tu pas rouvert ces cartons plus tôt ? « Titanic » est presque grillé !

— Le bateau coule à la fin, Sabine.

— Oh, merci de la révélation, agent Lorcat ! Et tu vas me dire aussi qu'il n'y avait pas assez de place sur cette foutue planche pour que le héros survive aussi ?

— Je ne le dirai pas.

— Tais-toi.

— Rappelle-moi le but de ta visite déjà ?

Un rictus apparut sur le visage de Sabine et elle chercha l'heure sur son portable.

— Je dois t'emmener quelque part.

— Quel mystère. Où ?

Sabine chantonnait, satisfaite de son effet. Elle referma les volets du carton sur ses genoux et tapota sur ceux de Gab pour stopper le mouvement de sa chaise.

— Debout ! Dans une minute, tu es dans la voiture.

Deux minutes plus tard, les champs sancerrois défilaient devant elles. Le soleil entamait seulement sa descente. Quelques touristes se promenaient encore sur les terrasses des cafés et dans les diverses rues. La voiture garée près de l'office de tourisme, Gabrielle jeta un dernier regard à l'esplanade libérée depuis longtemps de ses banderoles judiciaires.

— Tu n'es pas là pour travailler, lança Sabine.

Elle se dirigea vers l'entrée du château et fut accueillie par la jeune femme chargée de l'accueil.

— Tout est prêt, se contenta de dire celle-ci.

Sabine glissa sa main sous le bras de Gab et déambula dans les allées fleuries avec tranquillité.

— Tu habites tout près d'ici ct tu n'as jamais visité ; c'est quand même triste, nota Sabine.

— Et donc ? C'est ça la surprise ? Tu avais envie de visiter ce soir, là, comme ça ?

— Non. Moi, je ne suis que le chauffeur. Il fallait bien quelqu'un de confiance pour te faire sortir de chez toi.

Gab fronça les sourcils et les deux femmes stoppèrent leur marche au bas de la Tour des Fiefs.

— C'est ici que je t'abandonne, déclara Sabine. Il n'y a que cent quatre-vingt-treize marches à monter. Pour une sportive comme toi, ce n'est pas un souci. Personnellement, je vais rester en bas. Il y a un café pas loin. Abel m'attend.

— Tout ça pour ça ?

Le sourire de Sabine s'agrandit davantage et elle haussa les épaules. Gab hésita, perdue. Elle tenta d'apercevoir le haut de la Tour, bêtement. Après un souffle d'exaspération, elle entama la montée des marches de bois. Ses mains glissaient machinalement contre les parois de pierres rafraîchissantes. L'espace étroit ne permettait pas de croiser qui que ce soit, mais, de toute façon, il n'y avait personne d'autre qu'elle. Ses pieds dépassaient de deux ou trois centimètres les planches qu'ils écrasaient. Au premier étage, une énorme cheminée décorait un premier espace de vue par l'intérieur. Vide. Des panneaux racontaient l'histoire de la région et de ses monuments. Un écran balançant d'habitude des clips informatifs était éteint. Elle reprit son chemin pour arriver cette fois vers la petite porte qui donnait sur la terrasse la plus haute de la ville. Elle reconnut sans peine la silhouette de l'homme au balcon. Il se retourna vers elle, lança la même expression qu'au tout début de l'enquête.

— À défaut de t'emmener au sommet de la tour Eiffel et de Paris, nous voici au sommet de la Tour des Fiefs et du Sancerrois, annonça Sébastien Garnier.

À quatre cent quatre mètres d'altitude, avec une vue à trois cent soixante degrés, les villages se livraient ainsi que le viaduc, la Loire et les hectares de vignes et de terres. Au milieu de la terrasse, un socle répertoriait les endroits stratégiques de la région. Une brise soulevait les cheveux châtain-roux de Gabrielle tandis qu'elle s'extasiait du soleil couchant jaune et rouge. Il se cachait progressivement derrière une immense vallée. Elle se tourna vers son collègue au bruit de l'ouverture d'une bouteille.

— Je ne suis pas très connaisseur et je sais que tu ne bois pas beaucoup, mais pour l'occasion...

Il étala une nappe épaisse sur la seule surface plane et y déposa un panier d'où il sortit deux verres brillants et quelques petits fours.

— L'endroit est à nous pour toute la soirée, dit-il fièrement. Si tu veux me crier dessus, tu peux. Nous sommes suffisamment hauts pour que cela ne dérange personne.

Gab restait muette, les yeux fixés sur un coéquipier qui ne reculait devant aucune provocation. Il s'assit à même le sol, les jambes croisées et souleva son verre.

— À une nouvelle enquête résolue. À notre équipe. À nous deux.

Ils trinquèrent.

— Je suis déçue, lança-t-elle. Aucune musique ?

— Attends…

Il saisit son portable et fit défiler sa liste de titres avant d'en activer un. Il mima l'indignation aux premières notes d'un vieux tube des années quatre-vingt vantant les mérites du blanc, du rouge et du saucisson et elle éclata de rire, consciente de son manque de sérieux.

— Et maintenant ? demanda-t-elle.

— C'est toi qui décides. Je t'ai promis le sommet. À toi de voir si tu es prête ou si tu as trop le vertige.